目錄

譜 5

人物表 6

小專題：希臘為甚麼會是歐洲文明的源頭 8

前言 10

序曲　爭吵前的故事 18

1. 阿加曼農觸犯阿戲留 25
2. 兩軍的陣容 33
3. 帕里斯和曼涅勞決鬥 38
4. 潘達洛破壞停戰 43
5. 狄奧彌底立戰功 47
6. 赫克托和他的妻兒 54
7. 大埃亞獨戰赫克托 59
8. 特洛伊人進逼壁壘 64

趣味重溫 (1) 68

9. 向阿戲留求和 74
10. 夜間發生的事 78
11. 阿凱將領紛紛受傷 83

12. 赫克托衝進壁壘 88
13. 船邊的激烈戰鬥 90
14. 宙斯中希累之計 94
15. 阿凱人的困鬥 97
16. 帕特洛克勒陣亡 100
17. 爭奪屍體的激戰 104

小專題：麻煩透頂的希臘諸神 108

趣味重溫 (2) 110

18. 阿戲留的新鎧甲 114
19. 消除怨仇 118
20. 群神參戰 122
21. 阿戲留勇戰河神 127
22. 阿戲留殺死赫克托 131
23. 葬禮和競技 136
24. 老王贖回愛子屍首 140

尾聲　伊利昂城的陷落 145

小專題：尋找特洛伊——木馬屠城故事的遺址 148

趣味重溫 (3) 150

參考答案 154

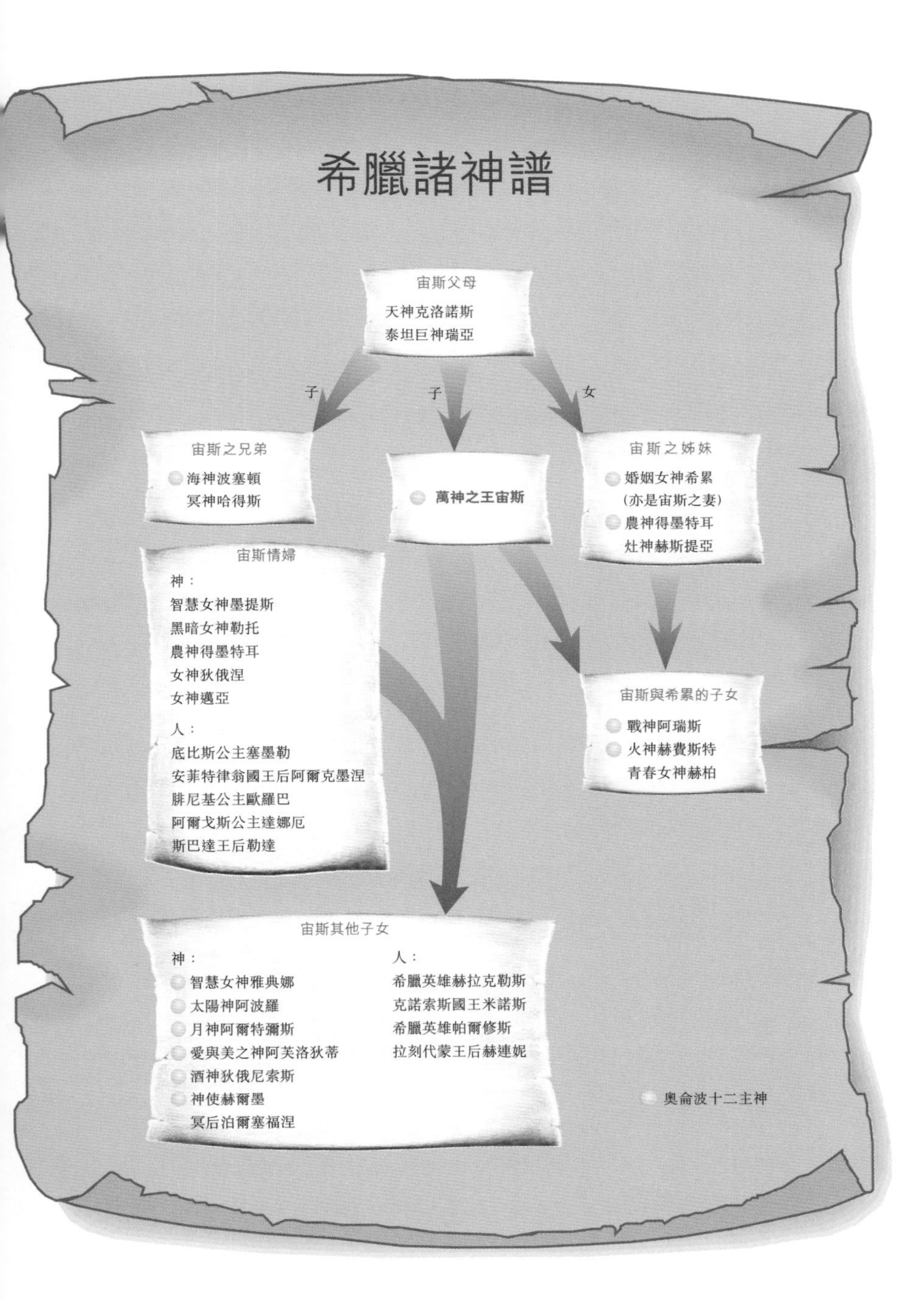
希臘諸神譜
宙斯父母
天神克洛諾斯
泰坦巨神瑞亞
子
子
女
宙斯之兄弟
海神波塞頓
冥神哈得斯
萬神之王宙斯
宙斯之姊妹
婚姻女神希累
(亦是宙斯之妻)
農神得墨特耳
灶神赫斯提亞
宙斯情婦
神：
智慧女神墨提斯
黑暗女神勒托
農神得墨特耳
女神狄俄涅
女神邁亞
人：
底比斯公主塞墨勒
安菲特律翁國王后阿爾克墨涅
腓尼基公主歐羅巴
阿爾戈斯公主達娜厄
斯巴達王后勒達
宙斯與希累的子女
戰神阿瑞斯
火神赫費斯特
青春女神赫柏
宙斯其他子女
神：
智慧女神雅典娜
太陽神阿波羅
月神阿爾特彌斯
愛與美之神阿芙洛狄蒂
酒神狄俄尼索斯
神使赫爾墨
冥后泊爾塞福涅
人：
希臘英雄赫拉克勒斯
克諾索斯國王米諾斯
希臘英雄帕爾修斯
拉刻代蒙王后赫連妮
奧侖波十二主神

本書主要人物表

阿凱軍隊

統帥

阿加曼農（邁錫尼王）

將領

- 歐律皮羅
- 特勒波勒摩
- 伊多墨紐
- 墨涅斯透
- 波達勒里俄、馬卡翁兄弟
- 狄奧彌底
- 小埃亞
- 大埃亞
- 安提洛科（奈斯陀之子）
- 帕特洛克勒（阿戲留的侍從）
- 曼涅勞（拉刻代蒙王、阿加曼農之弟）→ 妻：赫連妮
- 奧德修（伊大嘉王）
- 阿戲留（海神特提斯之子、遠征軍的大將領）

軍師

- 奈斯陀（蒲羅國王）

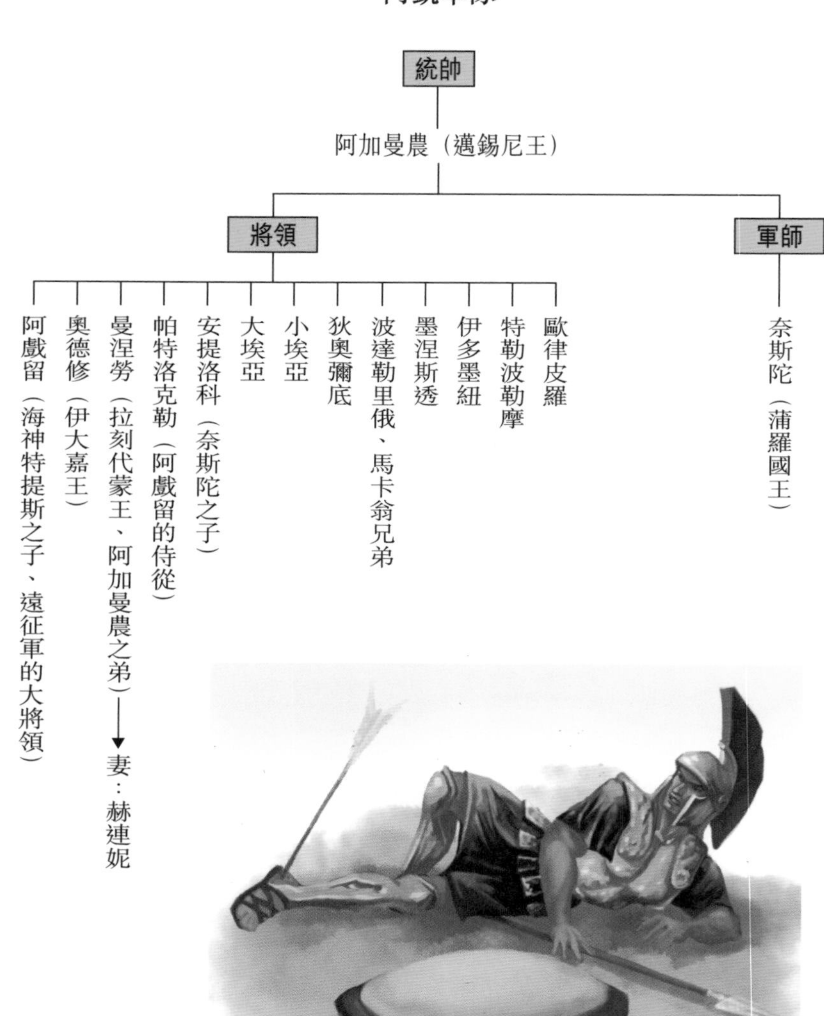

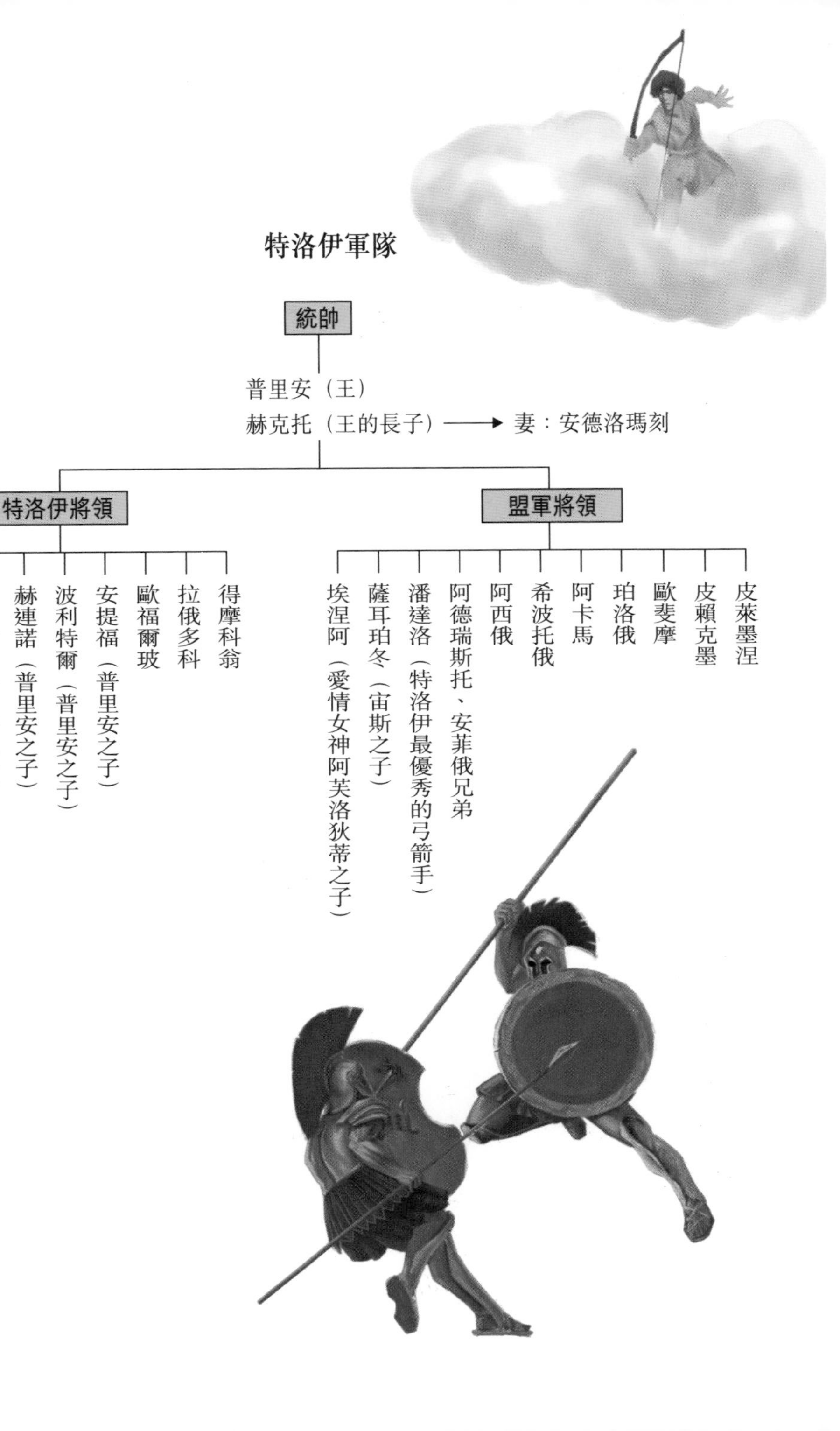

特洛伊軍隊

統帥

普里安（王）

赫克托（王的長子）——→ 妻：安德洛瑪刻

特洛伊將領

- 帕里斯（普里安次子）
- 呂卡翁（普里安之子）
- 赫連諾（普里安之子）
- 波利特爾（普里安之子）
- 安提福（普里安之子）
- 歐福爾玻
- 拉俄多科
- 得摩科翁

盟軍將領

- 埃涅阿（愛情女神阿芙洛狄蒂之子）
- 薩耳珀冬（宙斯之子）
- 潘達洛（特洛伊最優秀的弓箭手）
- 阿德瑞斯托、安菲俄兄弟
- 阿西俄
- 希波托俄
- 阿卡馬
- 珀洛俄
- 歐斐摩
- 皮賴克墨
- 皮萊墨涅

小專題

希臘為甚麼會是歐洲文明的源頭

有人說，沒有希臘，簡直無法想像歐洲文明會是甚麼樣子。這是否有點誇大其詞？那麼看看下面這些名字你是否熟悉：奧運會、民主選舉、荷馬史詩、希臘神話、希臘悲劇；蘇格拉底、柏拉圖、亞里士多德、希羅多德、畢達哥拉斯……。每個名字幾乎都代表歐洲文明的一個支系：政治、藝術、文學、教育、哲學、自然科學。真正意義的歐洲文明是從古希臘開始的，以致英國詩人雪萊在詩中深情吟道“我們都是希臘人”。

今天的希臘位於南歐巴爾幹半島南部一隅，與中國安徽省差不多大。古代希臘的範圍要比現在廣，除現今希臘本土、愛琴海各島嶼、克里特島外，還包括小亞細亞半島的西部沿海地帶。歷史上，偉大文明的誕生離不開有利的自然條件，希臘文明概莫能外。地中海東岸有極曲折的海岸線，有無數個可以成為天然良港的海灣。古希臘人沿地中海定居下來，利用海灣良港的優勢，積極開展航海貿易，建立起繁榮的城市。由於山多平地少，又有海港之利，古希臘人不太重視農業，而依賴手工業和商業。

古希臘由多個星羅棋佈於地中海地域的繁榮城邦組成，雖然沒有形成一個統一的國家，但有共同的語言和信仰。希臘城邦以一個城市為中心，小國寡民，疆域不大，人口不多，有條件發展較充分的公民政治。在城邦的形成和發展中，公眾國家機關的權力不斷增強，結果絕大多數的城邦實行民主政治。凡是男性公民都可以選舉，但奴隸不可以。地中海連接亞洲、非洲和歐洲，多種文明長期交流，因此文化發達。古希臘從地中海其他發達文明中，吸收了很多養料，像西亞的亞述、非洲北岸的埃及，埃及西邊以航海著名的腓尼基，對希臘都有影響。

雖然希臘文明本身早在公元前3世紀左右（相當於中國秦漢時代）便結束了。但它對後來西方世界的影響並未因此終結。約和漢帝國同時的羅馬帝國，領土廣大，影響歐洲極為深遠。羅馬帝國以其赫赫武功，佔領希臘，同時又吸收了希臘文化，因此希臘羅馬的歷史文化成為歐洲文化的源頭。今日歐美世界無處不見希臘文明的烙印，一提到希臘這個名字，在有教養的歐洲人心中，自然會引起一種家園之感。

希臘位置圖

前言

各位青少年朋友們：你們可曾聽説過荷馬這個名字，以及他在兩千八九百年以前留下的長篇史詩《伊利昂紀》嗎？這裡，我想用淺顯的文字，把它的情節寫給你們，取名為《木馬屠城》。希望你們將來有機會去欣賞原作。

從前，在小亞細亞西岸的古希臘，有位名叫荷馬的詩人，他是位雙目失明的老樂師，經常在宮廷裡為王侯們吟唱古代英雄的事跡，一邊唱，一邊自己用豎琴來伴奏。

《伊利昂紀》原作共一萬五千六百九十三行，分成二十四卷。這部史詩和它的續篇《奧德修紀》所描寫的事情，都發生在比荷馬還早三百年以前的時代。起初是根據古代傳説編的口頭文學，靠樂師的背誦，一代代傳下來。荷馬便是把長期以來口頭相傳的零星篇章整理成這兩部史詩的一位職業樂師。

公元前六世紀，也就是説，荷馬死後幾百年，這兩部史詩才開始有了文字記載。公元前三世紀和二世紀間，亞歷山大城的幾位學者曾根據手抄本校訂了這兩部史詩，這樣，才有了最後的定本，一直流傳到現在。它們確實是反映古代希臘生活和神話傳説最精彩的篇章，是舉世公認的文學名著。

古時候，人類的知識貧乏，他們在風暴、地震等自然災害面前，感到無能為力。於是，他們就幻想出一個神的世界。這兩部史詩中的神都住在高高的奧侖波山上，卻又無時無刻不在干預着人世間的事。十年的特洛伊戰爭，就是由諸神的爭執引起來的。打仗最勇敢的將領也被想像成是半神半人。例如，阿凱人（當時在希臘的強大部族統稱作阿凱人）的英雄阿戲留就是一位女神生的，由於有神的保護，他才能百戰百勝。

諸神在《木馬屠城》中所起的作用非常突出、他們是擬人化了的，有着人的相貌、脾氣和感情，凡人也時時刻刻意識到神在他們的生活中所起的作用，例如帕特洛克勒實際上是敗在阿波羅手下的，阿波羅一拳把他擊得眼冒金星。另一個叫做歐福爾玻的特洛伊人又刺傷了他的後背，赫克托是最後一個對他下手的。

因此，當赫克托向帕特洛克勒誇耀自己的勝利時，帕特洛克勒奄奄一息地説，勝利是宙斯和阿波羅送給他的。如果沒有神的幫助，哪怕來二十個赫克托，也會“倒在我的長矛下”。

就連不可一世的阿戲留，也對諸神存着戒備。當帕特洛克勒穿上他的鎧甲去趕走特洛伊人時，他曾勸帕特洛克勒見好就收，“不然的話，阿波羅會出面阻攔你的。”當普里安到阿戲留的帳篷裡來領愛子的屍首時，阿戲留存了心眼，沒讓老王看到收拾屍體的場面。因為他生怕老王會受刺激，説出不中聽的話，這樣，他也許會按捺不住，一氣之下把老王殺了，從而開罪宙斯。

但是另一方面，世俗的英雄人物又經常敢於蔑視神。在《木馬屠城》第五卷中，狄奧彌底就曾向群神大打出手。戰神阿瑞斯就被他刺傷了，狼狽地逃回奧侖波山上。這裡我們可以看到，在古代西方人的意識中，現實和神話之間雖然有聯繫，但給人留下深刻印象的，畢竟還是現實生活中的英雄，神的作用只不過佔從屬地位。

關於攻打伊利昂的戰爭和奧德修的神話傳説，另外還有不少，在古希臘遺留下來的著作裡零零落落的可以看到。而在《木馬屠城》中，荷馬只選了阿凱人圍攻伊利昂城的戰爭打到第十年後，在五十一天之內發生的事情，也就是從阿凱英雄阿戲留發脾氣而退出戰場，敍述到他重返戰場，殺死特洛伊英雄赫克托這一段。

為了幫助不熟悉故事背景的青少年朋友們抓住作品的中心思想，我根據希臘神話和傳説，在《木馬屠城》第一卷前面加了一篇序曲〈爭吵前的故事〉，又在第二十四卷後面補了一篇尾聲〈伊利昂城的陷落〉。

《木馬屠城》的故事梗概是這樣的：

從前，特洛伊王普里安的第二個王子帕里斯坐船到風光明媚的希臘。當時，希臘分成許多城邦，帕里斯一眼就愛上了拉刻代蒙（城邦之一）王曼涅勞的妻子赫連妮，把她拐騙走了。

曼涅勞的哥哥，邁錫尼王阿加曼農是希臘的盟主，兄弟倆聯名請求各城邦出兵援助，很快就調集了十萬名精兵，出動了一千一百八十六隻快船，渡過藍盈盈的愛琴海到小亞細亞去攻打特洛伊，從而爆發了著名的特洛伊戰爭。

希臘人在伊利昂城牆外齊心協力攻打了九年，也沒能把這座建造得十分堅固的城池攻陷。到了第十年，阿凱軍隊由於缺糧，就去搶劫，造成了禍端。阿加曼農王硬把已經分給頭號英雄阿戲留的女俘布里塞伊奪了去，阿戲留氣得退出戰鬥，回到自己的船上。

從此，阿凱聯軍接連吃敗仗。阿加曼農只好派大埃亞和奧德修去向阿戲留求和，卻碰了釘子。結果，以赫克托為首的特洛伊大軍勢如破竹地進逼到阿凱人的黑船跟前，有一艘船甚至被點燃，熊熊的火焰開始吞噬它。

這當兒，身穿阿戲留那套鎧甲的帕特洛克勒，率領着阿戲留的部隊，撲向特洛伊人。原來阿戲留雖然仍不肯親自上戰場，在帕特洛克勒的乞求下，終於同意借給他自己的鎧甲。

特洛伊人一看見阿戲留那閃閃發光的銅鎧甲和戰車，軍心就動搖了。帕特洛克勒領着大家撲滅了大火，然後，在一片喊殺聲中追擊那些四散奔逃的敵人。要不是阿波羅站在城牆上幫助特洛伊人，帕特洛克勒早把這座城攻下了。最後，赫克托給了他致命的一擊，並且從他身上剝走了阿戲留的鎧甲。

於是，為了爭奪帕特洛克勒的屍體，雙方展開了激烈的戰鬥。阿戲留曉得了這個可怕的消息後，就傷心地大叫。女神特提斯從海底下來看他，答應第二天一早替他弄一套鎧甲來。阿戲留雖然未能馬上參加戰鬥，但他走出壁壘，站在離壕溝不遠的地方大喊了三聲，每一聲都在特洛伊人當中引起混亂。這樣，阿凱人好歹把帕特洛克勒的屍體抬了回來。

第二天早晨，阿戲留穿上火神赫費斯特替他連夜趕製的鎧甲，奔赴戰場。赫克托死在阿戲留的長矛下。阿戲留將屍體拴在戰車後面拖到船邊，他打算拿來餵狗。

阿戲留為帕特洛克勒舉行了隆重的葬禮，焚化遺體的火，整整燒了一宿。他知道自己也將不久於人世，等將來他也死了，準備和帕特洛克勒葬在一起。

足足有十一天的工夫，阿戲留每天都把赫克托的屍體拴在戰車後，拖着它，繞帕特洛克勒的墳墓跑三圈。到了第十二天，他才接受母親的勸告，同意老普里安用厚禮重金贖回兒子的遺體。特洛伊人花九天時間，才採夠了火化用的柴木。第十天，他們把他火化了（多虧阿波羅神精心保護，屍體的肉居然一點兒也沒腐爛）。他們還為他修了一座考究的墳墓。

從近一百年來西方一些考古學家的發現可以證實，《木馬屠城》中關於阿凱人攻打伊利昂城的故事，不完全是詩人憑空想像出來的。十九世紀末，德國學者施里曼在小亞細亞西岸發掘了一座古城的遺址，那就是古代特洛伊人的都城伊利昂。後來，在希臘的邁錫尼地方，考古學家也發現了古代陵墓。從陵墓中的金銀首飾和青銅兵器可以證明，關於邁錫尼的霸主阿加曼農的傳説是有根據的。

《伊利昂紀》是歐洲最早的一部史詩，也是西方文學一部最富於生命力的傑作。它的內容豐富多彩，以高明的藝術技巧，記載了古代人民的風俗習慣、精神面貌和他們所追求的理想。通篇富於魅力，有着濃厚的生活氣息。

《伊利昂紀》的結構嚴謹，作者在佈局上採用的手法非常高明。特洛伊戰爭打了十年之久，他只選擇了五十一天期間發生的事情，就把整個過程交代清楚了。他着重地抓住了這樣一條線索：（1）由於阿加曼農王惹怒了阿戲留，阿戲留退出戰鬥；（2）阿加曼農王派人試圖與阿戲留講和，卻沒成功；(3)帕特洛克勒沒有調停成，卻死在赫克托之手；（4）阿戲留替好友報仇，殺死赫克托；（5）老王普里安贖回兒子的屍首。這部史詩有開頭、中間、結尾，是一部結構嚴謹的作品。

荷馬描繪的人物，即使是同一類型的，他們的性格也迥然不同。阿戲留和赫克托分別是阿凱人和特洛伊人的台柱子。按照古希臘文藝理論家亞里士多德的説法，阿戲留是最早的一位悲劇人物。他少年英俊，英勇過人，缺點是傲慢暴躁。他對帕特洛克勒之死，悲痛萬分。他明知道如果殺死了赫克托，自己注定也活不長，但他生來就是為不朽的英名而戰，所以視死如歸。他曾經羞辱過赫克托的屍首，但當老王到他的帳篷來贖回愛子的遺體時，他又對老人產生了惻隱之心，叫侍女把屍體洗乾淨，塗上橄欖油，並招待老王吃了飯。這是史詩中最感人的篇章。

相形之下，赫克托是個精明強幹的人，是個好兒子、好丈夫、好父親、好哥哥，特別是好領袖。他曉得特洛伊城遲早要毀滅，但他奮不顧身地為保衛城池抗戰到底。他畢竟是特洛伊人的頭號英雄，明知道抵不過阿戲留，卻仍下定決心，要死得光榮，好把顯赫的名聲流傳給後世。他死後，從赫連妮所致的悼詞中，可以瞥見他又是個體貼入微的大伯。赫連妮邊哭邊訴説，她到特洛伊後，赫克托從來沒對她説過一句粗暴的話。失去了這樣一位家主，今後她在特洛伊的日子更不好過了。

作者使用的藝術手法是十分高超的。在赫連妮的美貌上，他着墨不多。但當赫連妮出現在城樓上的時候，幾位衰弱得連戰場也不能上的長老卻不禁説："這個女人太美啦，怪不得特洛伊和阿凱的戰士要為她吃這麼多年的苦頭！"這樣，就從側面烘托出了她的天生麗質。

史詩裡的人物，刻畫得有血有肉、栩栩如生。同樣是寫勇猛的英雄，狄奧彌底儘管鹵莽，卻肯聽從別人的勸告，大埃亞為人雖憨厚，卻充滿自信。奧德修和奈斯陀都是以聰明著稱的，奧德修的聰明裡含着幾分狡黠，奈斯陀就始終是坦蕩蕩的，一點兒也不藏藏躲躲。

在故事的結尾，為阿戲留舉行葬禮後，他母親、女神特提斯把他的鎧甲拿出來，説是要獎給對於運回她兒子的屍體出力最多的人，奧德修憑着口才拿到了獎品，大埃亞就憤而自殺。

通過這一插曲，我們可以看出這兩位英雄氣質上的不同。而在整個漫長戰爭的過程中，作者不遺餘力地描繪了大埃亞的勇猛。在第十七章〈爭奪屍體的激戰〉中寫到，“在阿凱人當中，論英俊，論勇敢，大埃亞都僅次於阿戲留”。用赫連妮的話來説，他頂得上一座堡壘。阿戲留陣亡後，也是多虧大埃亞守護屍體，在奧德修的幫助下，他擊退了敵人，用戰車將屍體運回營盤。讀到大埃亞的自尋短見，使人不禁為他抱屈，這也是作者的藝術功力所在吧。

然而作者也沒有忘記表彰足智多謀的奧德修。在第十章〈夜間發生的事〉中，狄奧彌底提出，要和奧德修一道到特洛伊人那裡去偷營。因為“和他在一起的話，就是踏過烈火也能夠平平安安地回來。我從來沒見過像他那樣英勇機智的人”。他們二人活捉了赫克托派出來的一個探子，憑着他的口供，成功地偷襲敵營，不但砍死了十二個人，還搶到戰車、金鎧甲和一群肥馬。

同樣是君主，阿加曼農是雄心勃勃的，他的弟弟曼涅勞則是溫柔寬厚的。特洛伊王普里安的心地也很善良。他的二兒子帕里斯把赫連妮拐騙到伊利昂，給特洛伊人帶來了巨大的災難。他卻對赫連妮説：“這場戰爭是天上的神帶給我們的，我不怨你。”

荷馬的史詩採用的是六音步詩行，句尾不押韻，這種詩顯然是為了朗誦或歌吟而創造出來的。歌吟的時候，還用琴來伴奏。史詩敍述起來，簡捷明快，崇高樸實。

最後，特別值得一提的是，雖然整個作品的主題是描繪戰爭，並用詩的語言勾勒出千百幅沙場血戰的寫生畫，場面驚心動魄，也歌頌了英雄人物的輝煌戰績，然而，這部史詩對戰爭的基本態度是否定的。在第六章〈赫克托和他的妻兒〉中，赫克托的妻子安德洛瑪刻向他談起，她父親、底比斯城的國王埃厄提翁和以及她的七個兄弟，怎樣在同一天統統死在阿戲留手下。她説，赫克托不但是她親愛的丈夫，同時也是她的一切。她希望丈夫能活下來，免得他們的娃娃當孤兒、她本人成為寡婦。赫克托説，他心裡明白，遲早有一天，所有的特洛伊人都將同這座美麗的城市一道毀滅。他但願自己的屍體深深地埋葬在大地底下，免得聽見妻子被敵人拖走時發出的嘶叫聲。

由於機智的奧德修想出了一條木馬計，阿凱人內外配合，終於攻陷了伊利昂城。阿凱人縱火燒掉城市，殺死了普里安王和他剩下的幾個兒子。他們把伊利昂城洗劫一空，殺盡了男人，連赫克托的娃娃和白髮蒼蒼的老翁也沒饒過。包括赫連妮在內的婦女們以及金銀財寶，都被裝在船上運走，特洛伊戰爭就這樣結束了。

這部史詩有很高的認識價值和藝術成就，它成功地寫出了人類戰爭中最深刻的悲劇。

文潔若

序曲　爭吵前的故事

從前，有個地區叫小亞細亞（又叫亞納托利亞，即是現在的土耳其亞洲部分）。它的西邊，隔着愛琴海，和希臘遙遙相對。它的西北部有個特洛伊王國，都城叫伊利昂。國王普里安是東方許多部族的霸主，他和王后赫卡柏生了個兒子，叫赫克托。當赫卡柏懷第二胎的時候，夢見自己生下一把火炬，把伊利昂城燒成了灰燼。有個預言家説，赫卡柏又要生一個兒子，他會使伊利昂城整個毀滅，國王感到害怕，就叫一個牧人把新生的娃娃丢到伊得山上。

牧人看到娃娃長得挺漂亮，捨不得丢掉他，就把他帶回家去撫養，還給他起了個名字叫帕里斯。

有一天，年輕英俊的帕里斯獨自站在峽谷裡眺望特洛伊的宮殿和遠處的大海，忽然看見神的使者赫爾墨和三位女神向他走來。赫爾墨説：

"宙斯要你決定這三位女神當中誰最美麗，他會幫助你和保護你的。"

赫爾墨説罷，撲扇着翅膀飛走了。

這裡先要交代一下三位女神為甚麼要來找帕里斯。

希臘的神都住在高高的奧崙波山上，宙斯是地位最高的主神，也是雷神。天后叫希累。

特薩利亞的國王辟留和海洋女神特提斯結婚的時候，把所有的神都請去赴宴，偏偏忘了邀請女神厄里斯。厄里斯專門喜歡製造紛爭。她非常不滿，所以故意跑到熱熱鬧鬧的筵席上去，丢下一個金蘋果，上面寫着"送給最美麗的人"。

天后希累、智慧女神雅典娜、愛情女神阿芙洛狄蒂都認為

自己最美，想把金蘋果弄到手。她們誰也不肯相讓，最後才在宙斯的建議下來找帕里斯，要他來決定。

第一個女神身材高大，儀表堂堂，她把手裡拿着的那隻金蘋果送給帕里斯說：

"我叫希累，是宙斯的妻子。如果你同意給我這隻金蘋果，我就讓你去統治大地上最富有的國家。"

第二個女神，兩隻眼睛亮亮的，藍得像青天一樣，她用清脆的嗓音說：

"我叫雅典娜，是智慧的女神。假若你讓我得勝，你將成為人類當中最聰明最剛毅的。"

第三個女神長得嫵媚動人，非常和藹可親，她熱情地說：

"我將送給你的禮物會使你幸福：我要把全世界最美麗的女人給你作妻子。我叫阿芙洛狄蒂，是愛情的女神。"

帕里斯毫不猶豫地把金蘋果遞給了她，希累和雅典娜氣憤地掉過身去，並發誓由於帕里斯對她們無禮，她們一定要向他父親和所有的特洛伊人報仇，阿芙洛狄蒂則答應保佑他。

後來，帕里斯娶了俄諾涅為妻，據説她是河神和一位仙女所生的女兒。結婚後，他繼續放牧他的羊群。但由於偶然的機會，他進了城，在宙斯的神廟裡遇見了他的妹妹卡珊德拉，這個妹妹雖然從未見過他，只因為她能夠知道未來的事，一眼就認出了哥哥。國王和王后也在重逢的歡喜中擁抱着他，竟把那個不祥的預言完全拋在腦後。

在特洛伊的對岸，隔着藍盈盈的一道海水，是風光明媚的希臘。當時，希臘分為許多城邦。

當普里安幼小的時候，阿凱英雄赫拉克雷曾率領大軍進攻伊利昂城，殺死了他的父親特洛伊王拉俄墨冬，劫去他的姐姐赫西俄涅。

赫拉克雷把赫西俄涅給了自己的戰友特拉蒙作妻子。赫西俄涅生了個兒子，叫埃亞，長大後也成了英雄。

普里安一直懷念赫西俄涅。

有一次，帕里斯向父王表示，如果派他率領一支艦隊到希臘去，靠神的幫助，他一定能奪回姑媽赫西俄涅，凱旋回來。

造好船隻後，帕里斯就率領艦隊出發了。他們在碧波萬頃的海上遇到拉刻代蒙王曼涅勞的船隻，他正冒着風浪去拜訪賢明的奈斯陀。拉刻代蒙是希臘的一個城邦，奈斯陀是另一個城邦蒲羅的國王。

特洛伊的艦隊首先在希臘的城邦之一庫特拉島上登陸，並在阿芙洛狄蒂的神廟裡向女神獻祭。帕里斯打算從這裡去拉刻代蒙辦交涉。如果阿凱人不肯放赫西俄涅，大艦隊就一直航行到薩拉彌斯灣，用武力奪取。

曼涅勞外出期間，拉刻代蒙的國事由王后赫連妮主持。她是宙斯和仙女勒達所生的女兒，是在後父拉刻代蒙王廷達瑞俄的宮廷裡長大的。當時世界上再也沒有比她長得美麗的女人了。

由於求婚的人太多，國王擔心如果從其中選了一個女婿，會招致其他求婚者的仇恨。後來伊大嘉王奧德修出了個高明的主意：要求所有求婚的人用武力保護被選作女婿的人。最後，阿特留的兒子曼涅勞娶了赫連妮，廷達瑞俄死後，他就繼承了王位。赫連妮生了個女兒，取名赫彌昂妮。

赫連妮聽説有個外國王子帶着強大艦隊來到庫特拉島，就懷着好奇心跑去看。帕里斯一見到她，頓時感到這是愛情女神為了酬謝他而答應送給他的那位女人。

赫連妮回去後，帕里斯硬説即使國王不在也非完成使命不可，隨即帶着幾個侍從來到拉刻代蒙王宮。其實他早把父王的命令拋在腦後，他的真正用意是誘惑赫連妮。接着他就率兵襲擊王宮，搶走了曼涅勞的許多珍貴財寶，並拐騙走了赫連妮。

帕里斯幹的這個不光彩的事兒，使希臘各城邦的人都生氣了。曼涅勞的哥哥，邁錫尼王阿加曼農是希臘的盟主，兄弟倆聯名請求各城邦出兵援助。

阿凱人紛紛響應阿加曼農的號召，只有兩個人還拿不定主意。一個是聰明機智的奧德修，他不願為了拉刻代蒙王后的不貞而撇下自己年輕的妻子潘奈洛佩和吃奶的娃娃帖雷馬科，漂洋過海去打仗。

當拉刻代蒙王專程跑來動員奧德修的時候，他假裝發瘋，駕着一頭牛和一頭驢，在壠溝裡播種食鹽，以代替穀物的種子。帕拉墨得從搖籃裡把睡得正香的帖雷馬科抱來，放在奧德修正要耕耘的地方。奧德修小心翼翼地把犁頭舉起，以免娃娃受傷，這樣就暴露了他的神智很清楚。於是，他只好參加遠征。

另一個是年輕的阿戲留王子。他是國王辟留和海洋女神特提斯所生的兒子。阿戲留生後不久，特提斯想使他成為神人，就每天晚上把他放在天火裡燒，燒燬他從父親那裡遺傳來的人類的成分。白天，再在他身上塗油膏，治癒他燒傷的肌肉。有一次，被辟留撞見了，他大喊大叫，趕過來攔阻。特提斯沒能把兒子完全變成神人，就傷心地回到冰冷的海洋王國去了。

孩子九歲的時候，阿凱預言家卡爾卡斯説，遠在小亞細亞的伊利昂城雖然注定要毀在阿凱人手下，但是只有辟留的兒子參加了，那座城市才能陷落。

特提斯在海底聽到這個預言，知道她的兒子必然會死在將來的那次戰爭中，就從大海底下鑽出來，悄悄地來到丈夫的宮殿，把孩子打扮成小姑娘的模樣兒，將他帶到斯鳩羅島的國王呂科墨得那裡。國王把他和自己的女兒們一道養大，大家都以為阿戲留失蹤了。

為了征服特洛伊，阿戲留是少不得的人物。預言家卡爾卡

斯說出了他的下落，以及他所負的使命。奧德修和另一個阿凱將領狄俄墨得被派去邀請他參加作戰。他們被引進去拜見國王和公主、侍女們。阿戲留在王宮裡被調理得像水葱兒似的，根本沒法兒從一大群年輕閨女中認出他來。

奧德修想出了個好主意。他把一矛一盾隨隨便便放在姑娘們待着的房間裡，然後命令一個侍從吹號子，作出大軍逼近的樣子。姑娘們嚇得咭咭呱呱叫着，一溜煙逃走了，只有阿戲留留了下來，還拿起了矛和盾，準備迎擊敵人。原來他幼小的時候，父王辟留曾派軍師福尼克擔任他的教練，所以各種武器他都會使用。

阿戲留的身份被發覺後，他同意參加阿凱人的軍隊。他回到辟留那裡，向父王辭行。辟留覺得他太年輕，便叫福尼克陪他一道去，作他的監護人。和阿戲留同行的還有帕特洛克勒。帕特洛克勒因幼時誤殺了一個人，他父親把他送到辟留的宮廷裡來寄養。辟留精心地把他教育大，並叫他作阿戲留的侍從。

於是，阿凱人組成了一支十萬人的隊伍，還出動一千一百八十六艘戰船，浩浩蕩蕩地向特洛伊進發。他們佔領了伊利昂城外的海岸線，把船拉上岸，排列起來。特洛伊軍隊也在盟軍的支持下，頑強地守衛城池。

阿凱軍隊在城外連連打勝仗，但是由於伊利昂城建造得異常堅固，圍攻九年也沒有陷落。

到了第十年，阿凱軍隊帶來的糧食不夠了，圍城的一部分軍隊就到附近的城市去搶劫，這樣就引起糾紛，給軍隊帶來一場大禍。

1. 阿加曼農觸犯阿戲留

特洛伊沿岸有座克律塞城，城裡有個祭祀阿波羅的廟宇。阿波羅是射神，也是保護牲畜的神。阿凱人洗劫這座城市的時候，把祭司克律塞斯的女兒克律塞伊搶了去，並且將她和其他戰利品一道分給了阿加曼農王。

克律塞斯帶着大量黃金，到阿凱人的營地來贖女兒。他一個個地向將領們求情，說：

“看在宙斯的兒子射神阿波羅的面上，請你們收下這筆贖金，把我的女兒放回來吧。但願奧侖波山上的神仙讓你們能夠攻下伊利昂城，保佑你們平平安安回到故鄉。”

所有的將領都同意滿足他的要求，只有阿加曼農堅決不答應。

阿加曼農怒氣沖沖地說：

“老傢伙，不許你在這一帶晃悠，馬上給我滾！不然的話，我就要給你點苦頭吃。甚麼時候攻下特洛伊城，我就要把你的女兒帶回我的故鄉阿耳戈斯去。我叫她一輩子住在我家裡，替我織布。”

那老頭兒嚇得瑟瑟發抖，趕緊跑出來，悲傷地沿着沙灘走去。洶湧的海濤滾向岸邊，水花濺濕了他的腳。他看看四下裡沒人，就邊踱步邊向阿波羅神祈求道：

“掌握銀弓的大神啊，我為你蓋過一座廟，又經常拿肥牛肥羊的腿來祭祀你。請你答應我的乞求，用箭射死這些可惡的阿凱人，替我報仇雪恨吧。”

阿波羅正閒待在奧侖波山上。他聽見了克律塞斯的祈禱，非常生氣，就像閃電一樣從山頂飛下來。他朝着阿凱大軍嗖嗖地射了九天箭。先射騾子和機警的狗，接着就把箭頭對準人，中箭而死的多得數不清。

一連九天，神箭像雨點一樣啪啪地落在阿凱軍營裡。人們在海岸一帶架起柴禾燒死屍，白天冒起股股濃煙，夜裡火光映紅了天。

到了第十天，希累給阿戲留出點子，叫他召集軍師們開會。因為希累關懷阿凱人，她不忍心看着他們全軍覆沒。

人們到齊後，阿戲留站起來說：

"照這樣下去，咱們就要死光了。咱們可不可以請一位預言家告訴咱們，阿波羅為甚麼這樣生咱們的氣？莫非是咱們背棄了甚麼誓願，或短少了甚麼祭禮，他才對咱們這樣懷恨在心嗎？"

阿戲留剛一坐下，先知卡爾卡斯就站了起來。他甚麼都知道，過去、現在和未來的事都瞞不過他。他說道：

"阿戲留，如果我說出射神為甚麼這樣震怒，你肯不肯起誓，一定保障我的安全？因為我知道我的話會激怒一位君主，而一個平民是無法對抗他所得罪了的君主的。"

阿戲留大聲說："你用不着害怕。我向阿波羅起誓，只要我活着一天，包括我們的統帥阿加曼農在內，沒有一個阿凱人敢碰你一根指頭。"

可敬的先知這才鼓起勇氣說：

"問題不在於違背誓願或缺少祭禮。完全是因為阿加曼農侮辱了阿波羅的祭司，不肯收下贖款，釋放他的女兒，射神才動了怒。除非咱們馬上把姑娘送回克律塞，不但贖金一個子兒也不要，還得送上一些牲畜去獻祭。這樣，咱們也許可以得到神的寬恕。"

阿加曼農吹鬍子瞪眼睛地吼道：

"黑心的先知，你從來沒說過一句對我有利的話。你甚至從來也沒預言過一件吉祥的事。現在你又要求我放棄那個姑娘！也罷，為了不讓大家白白送死，我同意把她送回去。但是必須另外換給我一件戰利品，不然的話，大家都分到了，只有我一個人兩手空空，太不公道啦。”

阿戲留騰地站起來反駁他道：

“咱們過去從那些城市搶到的東西已分配光了，你叫戰士們到哪兒去找一件新的戰利品來滿足你的貪慾呢？別討價還價了，你現在就照神的旨意去辦吧，等咱們攻下了伊利昂城，大家會給你三四倍的補償。”

阿加曼農還是不肯讓步。他說：

“阿戲留，你別花言巧語，以為我會上你的當。如果將士們不給我一件新的戰利品來補償我的損失，我就要把你的或埃亞的戰利品拿過來，要麼就拿奧德修的。反正我得有一份。這些事情以後再商量。現在先叫人預備一條黑皮船，裝上些獻祭用的牲口，讓漂亮的克律塞伊也坐上去。還得派個將領跟了去，好挽回阿波羅對我們的恩寵。”

阿戲留狠狠地瞪了阿加曼農一眼，說：

“你這樣唯利是圖，怎麼能指望你的部下為你效忠、奉命去作戰呢？我那富饒的故鄉佛提亞，和這兒隔着高山大海，特洛伊人從來沒有劫掠過我的牛羊，糟蹋過我的莊稼。我純粹是為了你的緣故，才來參加這次遠征的。現在你竟翻臉不認人，說要奪去我的戰利品。那是根據我立的戰功，弟兄們獻給我的。說實在的，哪一次打仗，我出的力都是最大的。等到分配戰利品的時候，絕大部分都讓你撈去了，我只帶着自己那一小部分精疲力竭地退出戰場。現在我要乘船回佛提亞去。我待在這兒，不過是替你積攢財富，任你花天酒地，到頭來你還騎在我的脖子上拉屎。”

阿加曼農怒斥道：

"你要走就走吧，我絕不會央求你待下去。這兒所有的國王裡面，就數你對我不忠心。你走了，還有別人呢，他們個個都敬重我。你可要記住：阿波羅既然要從我手裡奪去克律塞伊，我就學他的樣兒，光顧你的帳篷，把你的戰利品——美麗的布里塞伊奪了來，好讓你嘗嘗我的厲害，也好讓別人知道，誰要是敢頂撞他們的君主，會有甚麼後果。"

這番話幾乎使阿戲留氣炸了肺。他正要拔劍出鞘，衝過人群，當場刺死阿加曼農的時候，希累派雅典娜從天上趕來了。希累對這兩位將領都同樣喜愛，正坐在奧侖波山上低頭看着，替他們揑把汗。

雅典娜來到阿戲留身後，將他那金黃色鬈髮一拽。阿戲留吃了一驚，回頭看了看，立刻認出了雅典娜（除了阿戲留，在場的其他人都看不見這位女神）。

阿戲留壯起膽子對這位女神說：

"你到這兒幹甚麼來了？是要看看阿加曼農有多麼無禮嗎？老實告訴你說吧，他快要用生命來抵償自己的暴行啦。"

雅典娜兩眼閃着機智的光芒，說：

"我是來平息你的怒氣的。希累對你們倆同樣關懷，才派我來的。他蠻不講理，你盡可以罵他，可是千萬別動刀子。將來有一天，他會拿出兩三倍的貴重禮品來賠償你今天的損失。請你接受我的勸告。"

阿戲留回答說：

"既然兩位女神都這麼吩咐，我只好聽從。誰要是肯聽神的話，神才肯接受他的禱告。"

阿戲留邊說邊把那已經拔出一半的劍重新插進鞘。那位女神這才心裡一塊石頭落了地，回到宙斯的宮殿去，和群神聚在一起。

阿戲留的氣還沒有消。他又朝阿加曼農罵道：

“你這個窩囊廢！你從來不敢和士兵一道衝鋒陷陣，或是和其他將領一起去打埋伏。你寧可成天待在營帳裡，誰要是敢違抗你，你就去搶他的戰利品。你的部下統統是膽小鬼，不然的話，他們絕不會寬恕你這種盜匪行為，早就要了你的命。”

那時，阿凱人發言時為了表示鄭重，手裡拿着綴有金釘的手杖。阿戲留拿起節杖接下去說：

“現在我憑着這根節杖來起誓，將來總有一天，每一個阿凱人都會因為失掉了我而痛心。那時候，你眼睜睜看着自己的部下成千上萬地死在殺人不眨眼的赫克托手下，就該後悔當初不該侮辱我了。要知道，我是遠征軍中最英勇的將領哩。”

話音剛落，阿戲留就丟下那根節杖，坐了下來，聽憑阿加曼農對他大發雷霆。

這時候，老壽星奈斯陀倏地站起來了，他善意地解勸道：

“要是普里安和他的兒子們聽到你們這樣爭吵，他們說不定會多麼幸災樂禍哪！所有的特洛伊人都會歡呼，因為你們倆，一個是指揮戰鬥的，一個是帶頭打仗的。

阿加曼農，你是個君王，不要仗勢欺人，去搶奪你部下的戰利品。請你對阿戲留寬容一些，為當我們軍情緊急的時候，他一個人抵得上一座強大的城堡。

至於你，阿戲留，也不要再跟王上作對了。你的母親是一位女神，也許你的力氣比他大一些，可是他統治的人比你多，所以地位比你高。”

阿加曼農不聽奈斯陀的勸告，氣得臉紅脖子粗地回答說：

“這小子要奪軍權，鎮壓我們大家，對我們發號施令，誰受得了呢？永生的神使他成為一個戰士，那又有甚麼了不起？難道憑這些資格他就可以任意侮辱人？”

高貴的阿戲留毫不客氣地打斷了君王的話：“我要是聽你任意擺佈，我就是天底下頭一號傻瓜和膽小鬼了。你去對別人發號施令吧，我再也不會服從你啦。現在還有一句話要你好好考慮，那個姑娘是阿凱人分給我的戰利品，你要搶，隨你的便。可是我從家鄉帶來的黑皮船和所有其他東西，你膽敢碰一個指頭，看我立刻叫你的鮮血沿着我的長槍咕嘟咕嘟往外冒。”

這場舌戰結束後，阿戲留就賭氣回到自己的帳篷裡。

阿加曼農派奧德修作領隊，用一艘快船把克律塞伊送回她父親那裡去。

阿加曼農目送着船在海面上消失了，就打發兩個侍從去把布里塞伊抓來。他還威脅説：

“要是阿戲留不肯放她走，我就親自帶兵去捉拿她。”

兩個侍從沿着荒涼的海濱遲遲疑疑地來到阿戲留的帳篷跟前。阿戲留看見了他們，不等他們開口就知道他們是幹甚麼來的。他雖然滿肚子不高興，卻絲毫沒有刁難這兩個使者的意思。他只是嚴肅地提出了警告：

“如果有一天阿凱人再要我把他們從災難中解救出來，我要求你們倆在天上的神、地下的人和那個暴君面前替我作證。那個暴君喪心病狂，眼光短淺，從來不知道給自己的軍隊留條後路。”

兩個侍從把倒楣的布里塞伊帶走後，阿戲留獨自跑到海濱去，望着茫茫大海歎氣。接着，他高舉雙臂，痛哭流涕地向他的母親禱告起來。

女神特提斯聽見了兒子的哀哭聲，就像一縷煙似的從海底裊裊升到水面，走到阿戲留身邊，用手撫摸着他，問道：

“兒呀，你為甚麼這樣傷心？”

阿戲留把事情的經過一五一十地講給他母親聽了，並要求她去説服宙斯，幫助特洛伊人擊敗阿凱大軍，以便讓阿加曼農知道侮辱阿戲留是多麼愚蠢的一件事。

海洋女神特提斯哭道：

“你命中注定活不長，可我再也沒想到，在你這短短的一生中還要受這麼大的委曲。宙斯帶着所有的神赴宴去了，十二天後才回來。他一回來，我一定馬上央求他聽我的懇求。目前，你絕不要幫助阿凱人打仗。”

特提斯走後，阿戲留回到自己的帳篷旁邊，懷念那個他被迫交出去的姑娘。

這當兒，奧德修和他的部下已經把克律塞伊平平安安地送回到她父親家去。他們還在祭壇周圍擺上了神聖的祭品。

這下子克律塞斯消了氣。他大聲禱告：

“銀弓之神啊！您為了對我表示關心，已經給了阿凱軍隊沉重的打擊。現在請接受我的第二個乞求，免除他們這個懲罰吧。”

他們殺了牲口祭神，並把肉烤熟，每人分到一份。年輕的戰士們奏起美妙的樂曲來，讚頌那位大射神，直到天色黑下來了，他們才回到繫船的纜索旁邊睡覺。

阿波羅聽見了克律塞斯的禱告，再加上悠揚的樂聲，使他徹底息了怒。一覺醒來，天剛蒙蒙亮，他送給阿凱人一陣清風，他們的船就順利地駛抵營帳。

到了第十二天的拂曉，宙斯率領一大批神回到了奧侖波山。特提斯早就從海底鑽出來，到了高高的天空上。她看見宙斯獨自坐在奧侖波群峰的頂巔。於是，她跪下來，抱住宙斯的膝蓋，為兒子求情。

宙斯說，他的妻子希累已經在責怪他在這場戰爭中淨幫助特洛伊人了，所以此事他必須慎重處理。不過，他可以先點頭答應，這是最可靠的保證。

宙斯點了一下頭，於是一綹柔髮散到前額上，巍峨的奧侖波山緊跟着轟隆隆地震動起來了。

2. 兩軍的陣容

那天夜裡，神和人都一覺睡到大天亮，只有宙斯翻來覆去睡不着。為了使阿戲留臉上添光彩，他一心一意地想讓阿凱人遭到屠殺。後來他決定讓阿加曼農做個幻夢。於是傳喚一個夢來，告訴他該如此這般地做。

夢奉命來到阿加曼農王的帳篷裡，看見他睡得正香。夢搖身一變，變成國王最尊重的老將奈斯陀的模樣。

夢彎下身，喚他道：

“阿加曼農你還在睡覺嗎？一個君王每天要辦多少事，為多少人操心，怎麼能貪睡呢？聽着：我是宙斯派來的。他雖然在高高的天上，卻很關懷你。他希望你馬上率領軍隊對特洛伊人進攻。現在你要抓緊機會佔領伊利昂城，因為住在奧侖波山上的神對這一點已經沒有不同的意見了。”

阿加曼農醒來後，夢的聲音還在耳邊響着。他怎麼也沒料到宙斯是為了使他蒙受屈辱才讓他打這一仗的。一大清早，他就到了奈斯陀的船旁，召集將領們開個樞密會議，並把夢見的話統統告訴了他們。但是在發動攻勢前，他決定考驗一下部隊的士氣。他對將領們說，他將假意勸士兵們逃回祖國，萬一士兵們真要走，再由將領們出面阻攔大家。

阿加曼農剛剛坐下，奈斯陀就站起來發言。他說：

“假若國內別的人說他做了這樣一個夢，我們都會認為那是假的。但是做這個夢的恰恰是我們的總司令，所以我建議馬上做戰鬥部署。”

九年來，士兵們風裡來雨裡去，過着非常艱苦的生活，他們不明白為甚麼要為一個女人受這麼大的罪，所以都充滿了厭戰情緒。他們聽到集合的號令，就從石洞裡爬出來，像蜂群般嗡嗡嗡地擁向會場。

阿加曼農説："咱們的老婆孩子正坐在家裡，盼着咱們回去哪！大家夥兒上船，回家去吧！特洛伊城永遠不會落到咱們手裡啦！"

士兵們不知道阿加曼農葫蘆裡賣的是甚麼藥，這話真是説到他們心坎兒上去了。整個會場轉眼間就亂了，好比麥田裡颳來一陣狂暴的西北風，使一片密密匝匝的麥子一股腦兒倒伏了。他們大聲吼叫，朝船舶撒腿就跑，並動手拆除船身底下的支柱，好把船舶拖進大海。他們忙忙亂亂地做動身的準備，聲音大得驚動了坐在天頂上的神們。

於是希累對雅典娜説：

"難道咱們就聽任這些人坐船回希臘去，而把赫連妮撇下嗎？你快點去説服他們不要走。"

雅典娜女神飛快地從奧侖波山上降落人間，她看見聰明的奧德修正懊喪地站在船邊。雅典娜勸他一個個地去説服希臘人不要走。

奧德修儘管看不見女神，卻聽出了雅典娜的聲音，就去向阿加曼農借來了傳世的王杖。那是君主權威的象徵，拿着它，就可以代替阿加曼農發號施令。一路上，他碰見王族或是高級將領就説：

"阿加曼農在樞密會議上講的話，咱們不是都聽見了嗎？你可千萬不能走，得給部下做個好榜樣。"

對待普通士兵，奧德修就嚴厲多了。要是誰敢頂嘴，就馬上用王杖打他一頓，並要他乖乖地坐着等待長官的命令。

奧德修終於把人群控制住了。他們爭先恐後回到會場上來，聲音大得猶如怒海的波濤打在幾里長的沙灘上。

奧德修手裡拿着王杖，站起來説話。雅典娜搖身一變，變成一個傳令官的模樣，站在他身邊維持秩序。因此，坐在最末一排的人也跟坐在前面的人一樣，都能夠清清楚楚地聽見他的話。奧德修關心大家的利益，他說：

“弟兄們！咱們已經在這兒待了這麼多年，眼下要是空着兩個巴掌回去，多麼丟人哪！大家總該記得，當年咱們艦隊快要開拔的時候在奧利斯發生的事。咱們在泉水旁獻祭，那兒長着一棵高大的樹，清清的水就是從樹腳下流出來的。樹上有一窩麻雀，一隻大的，八隻小的。

突然間，從祭壇底下鑽出一條紅色的蛇，準是宙斯親自把牠從洞裡趕出來的。牠哧溜哧溜爬上了樹，把麻雀連大帶小全吃光了。當牠把最後一隻麻雀也吞進了肚皮，神就把牠變成石頭。咱們看着這個奇跡，嚇個目瞪口呆，納悶着這個不祥的動物闖進這神聖的儀式，究竟是甚麼意思呢？

卡爾卡斯馬上把這兆頭解釋給大家聽。他告訴咱們，九隻麻雀表示咱們要在特洛伊打九年仗，到了第十年，特洛伊那些廣闊的街道就落在咱們手裡。宙斯借這件事，向咱們指出了前景。

弟兄們，我向你們號召，大家要堅持下去，直到攻下伊利昂城的那一天！”

奧德修這番話鼓起了士氣，阿凱軍兵的歡呼使周圍的船舶發出轟隆隆的回聲。

老將奈斯陀接着向阿加曼農建議，把部下按照部落和氏族重新編制一下，這樣，各支隊伍就能相互支援了。

阿凱大軍浩浩蕩蕩地朝特洛伊進發。大地在他們腳下顫抖。大軍的陣容是這樣的：

阿加曼農王率領的部隊是來自彌告尼、刻戎、克勒俄奈等地。他們是分乘一百艘船舶來的。

國王的弟弟曼涅勞的部下來自拉刻代蒙、法里斯、斯巴達、墨塞等地，他們分乘六十艘船舶。

老將奈斯陀的部下來自蒲羅、阿瑞涅、特律昂等地，他們分乘九十艘黑皮船。

奧德修率領的刻法爾勒涅人來自伊大嘉、涅里同等地。另外還有森林地帶和山區居民。他們分乘十二艘船頭漆成猩紅色的艦艇。

大埃亞是特拉蒙的兒子，率領薩拉彌斯人，分乘十二艘艦艇。

小埃亞是俄琉斯的兒子，率領羅克洛伊人，分乘四十艘黑皮船。

狄奧彌底率領阿耳戈斯、提任斯等地的人，分乘八十艘黑皮船。

醫師波達勒里俄和馬卡翁是哥兒倆，父親叫阿斯克勒庇俄。他們的部下是來自特剌刻、伊多墨和俄厄卡利亞，分乘五十艘黑皮船。

墨涅斯透率領雅典人，分乘五十艘黑皮船。

伊多墨紐和副將墨里昂涅率領克瑞特人，分乘八十艘黑皮船。

特勒波勒摩是赫拉克雷的兒子，率領洛得斯人，分乘九艘黑皮船。

歐律皮羅的部下來自有泉水的俄爾墨尼昂和許珀瑞亞，以及阿斯特里昂山和提塔諾山，分乘四十艘黑皮船。

可惜最英勇的大將阿戲留和他那個忠實的副將帕特洛克勒沒有參戰。阿戲留手下的摩彌東人都閒待着哪。

這時阿加曼農開始後悔不該為了一個姑娘和阿戲留鬧翻了。這事都怪他自己先動怒。如果阿戲留肯跟他和解，阿凱部隊的陣容就強大多了。

阿戲留率領的摩彌東人是分乘五十艘艦艇來到特洛伊的。

由於他躺在船舶旁邊，為布里塞伊傷心，沒有人把他的隊伍編進戰鬥的序列，布里塞伊原是他當年攻陷密涅斯王城池的時候，用額上的汗水贏得來的，如今，這位勇將再也不關心戰局了。

宙斯當即派他的使者伊里斯到特洛伊軍中去通風報信，伊里斯搖身一變，變成普里安的兒子波利特爾，告訴父王，阿凱大軍正沿着平原浩浩蕩蕩衝過來。

赫克托在一旁聽出了那是女神的聲音，就趕緊下令，打開城門。於是全軍人馬高聲吶喊着，一齊擁出來，並在城外的高崗上佈了陣。

赫克托率領着特洛伊人，他的部下個個都善於使長矛，人數最多，也最勇敢。

盟軍將領中，最重要的是下面這些人：

埃涅阿是女神阿芙洛狄蒂的兒子，率領達腦人。

潘達洛率領住在伊得山下的一個特洛伊氏族。

墨洛普的兩個兒子阿德瑞斯托和安菲俄率領阿派索等地的人。

阿西俄率領阿里斯柏等地的人。

希波托俄率領幾個珀拉斯戈部落的長矛手。

阿卡馬和珀洛俄率領特剌刻人。

歐斐摩率領好戰的喀孔涅人。

皮賴克墨率領帶彎弓的派俄涅人。

皮萊墨涅率領帕佛拉貢人。

薩爾珀冬率領呂喀亞人。

3. 帕里斯和曼涅勞決鬥

兩軍相互逼近了。特洛伊人的吼聲響徹雲霄，就像是一群老鸛為了躲避寒風苦雨的襲擊，飛過大洋，給那裡的弱小動物帶來死亡和毀滅。

阿凱人卻默默地挺進，他們個個下定決心，和戰友密切配合，多殺幾個敵人。他們腳下踢起來的塵土，旋騰着升上去，就像是被大風颳到山頂上來的濃霧。牧人最討厭這種霧了，因為不好看管羊群。小偷卻覺得這比黑夜對他們還有利，心裡樂得開了花。

兩軍快要交戰的時候，只見帕里斯王子從特洛伊的隊伍裡大步流星地走出來。他身披豹皮，肩上挎着彎弓和劍，手舞雙矛，向阿凱人挑戰，要求和他們當中隨便哪個健將決鬥。

赫連妮的前夫曼涅勞一看見他自己送上門來，別提有多麼高興了，他就像餓獅見了野鹿或山羊一樣，恨不得一口把帕里斯吞下去以報心頭的仇恨，他披鎧戴甲地

從戰車上縱身跳下地來。

帕里斯瞧見了他，卻嚇得臉上刷地白了，扭頭就跑，回到自己的隊伍裡。他的哥哥赫克托立刻訓斥他道：

“你拐來了一個美女，給你父親帶來災難，使這整座城市和所有的居民捲入了戰爭。你偷來了那位勇將的愛妻，卻又不敢和他在戰場上較量。你壞事做絕了，特洛伊人早該拿石頭把你砸死。”

帕里斯說：

“你如果一定要我去決鬥，那就叫雙方的隊伍都坐下來，讓我到兩軍之間的空地上，和可怕的曼涅勞相會，為了赫連妮和她的財物跟他比個輸贏，誰贏了，就把赫連妮和她的財物帶回家去，其餘的人就講和。”

於是赫克托走到兩軍之間的空地上，把這意思轉告了雙方的軍隊。

這當兒，曼涅勞大聲說，他和帕里斯拚個你死我活後，其餘的人馬上就可以和解了。他要求特洛伊人取一頭公羊和一頭黑色的母羊，預備給大地和太陽獻祭。阿凱人也要取一頭牛來獻給宙斯。他還要求把普里安也叫來，好由老王親口宣誓。

雙方的軍隊都歡迎這番宣告，他們打心裡盼望這場痛苦的戰爭早點結束。

這時候，伊里斯搖身一變，變成普里安最美麗的女兒拉俄狄刻，去把這個消息透露給赫連妮，赫連妮正坐在宮殿裡織一匹雙幅紫綢，上面的圖案是特洛伊人和阿凱人戰鬥的場面，而這場戰爭原是由她引起來的。

赫連妮一聽說帕里斯要和曼涅勞決鬥的消息，內心就充滿了懷舊的感情。她想起了原先的丈夫，想起了女兒、父母和家鄉，不禁流下眼淚，帶着兩個侍女走出宮殿。

普里安和幾個長老正坐在城樓上開會，他們已經衰老得不能上戰場了，可是個個都挺健談，講起話來，就像知了在樹上聒噪。他們瞥見赫連妮走上城樓，就嘁嘁喳喳地說：

“這個女人太美啦！怪不得特洛伊和阿凱的戰士要為她吃這麼多年的苦頭！不過，還是讓她坐船回老家去吧，可別留在這裡禍害咱們和咱們的子孫。”

普里安招呼赫連妮道：

“過來吧，好孩子，坐在我前面，你就可以看見你以前的丈夫和你的親戚朋友了。這場戰爭是天上的神帶給我們的，我不怨你，告訴我，那個長得挺英俊的高個將領是誰？”

赫連妮回答說：

“啊，老人家，我要是早死十年就好了，也就不至於迷了心竅，丢下我的丈夫和女兒，跟着您的兒子跑到這兒來啦。您問我那個將領是誰？他是我過去的大伯阿加曼農，是一位好國王。”

老普里安接着又注意到奧德修，就問道：

“那個比阿加曼農矮一個頭，肩膀和胸膛卻比他寬的漢子又是誰呢？瞧，他視察部隊去了，真像是公羊領着一群白綿羊。”

赫連妮說：

“那是聰明的奧德修，他生長在伊大嘉，那裡的土地貧瘠，老百姓的生活困難，他出的主意卻比任何人都高明。”

老王又問道：“還有那個比別人都高出一個頭的人是誰？”

赫連妮說：

“那是巨人大埃亞，他是阿凱人的堡壘。他身邊的那個人是伊多墨紐，過去他經常到我家來作客。”

這當兒，傳令官們從城裡牽來了兩頭綿羊和一羊皮囊葡萄酒。傳令官伊代俄拿着一個調酒缸和幾隻金酒杯，走到老王跟前，請他出發。

普里安王代表特洛伊大軍，阿加曼農王代表阿凱大軍。他們宰羊獻祭，一面潑酒一面禱告，訂了一個誓約：由帕里斯和曼涅勞單獨決鬥，誰贏了，赫連妮和她的財物就歸誰。

祭禮和禱告剛一結束，普里安王就回城裡去了，因為他不忍心看着自己的兒子和曼涅勞廝殺，他認為只有宙斯和其他永生的神才知道他倆之間誰注定要死亡。

赫克托和奧德修劃出一塊地作為戰場，又準備好一個金屬的頭盔，用來拈鬮，好決定誰先投長槍。拈鬮的結果，應該是帕里斯先投。

兩個決鬥者全副武裝，大踏步走到兩軍陣前，他倆殺氣騰騰，雙方的戰士看得都發怵。他們相隔不遠，站在劃定了的地面上。

帕里斯首先投擲他的長矛，那矛投在曼涅勞的圓盾上，卻沒有戳穿，銅製的矛尖噹啷一聲給碰回來了。

這回輪到曼涅勞來投了。矛尖戳穿了帕里斯那亮光閃閃的盾，又穿透漂亮的胸甲，一直戳住他的緊身衣。要不是帕里斯及時把身子一閃，險些送了命。

曼涅勞又掄起銀柄劍，朝着敵人的盔頂砍下來，想不到那劍竟碎成五六截，噼里啪啦落到地上了。

曼涅勞叫一聲苦，抱怨宙斯不肯憐惜他。他像一頭怒獅一樣，朝帕里斯猛撲過去，一把抓住帕里斯的盔頂，就將這個王子往阿凱人的陣地裡拖。帕里斯生得細皮嫩肉，繫在下巴頦底下的繡花盔帶這時候緊緊勒住他的脖子，他連氣兒都透不過來了。

幸虧阿芙洛狄蒂動作敏捷，她趕快替帕里斯割斷了盔帶。不然的話，曼涅勞就會把他拖進自己的陣地，讓他丟盡了臉。

這麼一來，曼涅勞手裡就只剩下空空的頭盔，曼涅勞把頭盔丟進阿凱人的陣地，朝着敵人撲將過去，打算用銅矛戳死他。阿芙洛狄蒂又大顯身手，用一陣濃霧罩住帕里斯，轉眼之間就把他送回他那間豪華的臥室。

阿芙洛狄蒂看見赫連妮待在高高的城樓上，就搖身一變，變成一個織羊毛的老婆子。從前在拉刻代蒙的時候，那個老婆子經常替她做精緻的毛織品。

老婆子來到赫連妮身邊，叫她回臥室去陪帕里斯。赫連妮馬上就認出那是女神裝成的，她就説，她再也不想見帕里斯的面了。無奈女神對她百般威脅，最後她只得服從。

曼涅勞到處找帕里斯，卻撲了一場空。特洛伊人都對帕里斯恨得要死，誰也不會好心好意地把這個王子藏起來。要不是女神救了他，他早就死在曼涅勞手下了。

這時候，阿加曼農向大家宣告説：

"特洛伊人和所有的盟軍，你們聽着：英勇的曼涅勞已經擊敗了你們。你們必須把赫連妮和她的財物交出來，並且要好好賠償我們這邊的損失。"

阿加曼農的話音剛落，阿凱大軍就高聲歡呼起來。

4. 潘達洛破壞停戰

阿凱大軍的歡呼聲響徹雲霄。

在奧侖波山巔的宮廷裡，眾神這時正在開會呢。大廳的地上鋪着燦爛的黃金，宙斯的女兒赫柏給大家斟美酒。神們低頭望着伊利昂城，舉起金杯相互敬酒。

宙斯故意拿他的妻子希累逗趣兒。他説：

“希累和雅典娜分明是站在曼涅勞一邊的，她們卻揣着手坐在這兒。瞧人家阿芙洛狄蒂，她一會兒也不離開帕里斯，保護他，不讓他遭殃。剛才帕里斯差點兒喪命，虧得阿芙洛狄蒂把他藏起來了。

如今，勝利確實屬於曼涅勞，咱們該考慮下一步怎麼辦，是重新挑起戰爭呢，還是讓雙方軍隊言歸於好？要是你們贊成講和，我就主張讓曼涅勞把赫連妮帶回希臘，而把普里安王的城市保全下來。”

當時雅典娜正在和希累商量該怎樣對付特洛伊人。雅典娜聽見宙斯這麼説，雖憋了一肚子氣，卻一聲兒也不敢言語。希累則沉不住氣，立即反駁宙斯道：

“當初我到處奔波，號召阿凱士兵來向普里安和他的兒子們進攻。為了這場戰爭，我不知吃過多少苦，你怎麼能叫我前功盡棄呢？現在，我只要求你派雅典娜到前線去看看，想法挑動特洛伊人去侵犯阿凱大軍，好破壞這次的停戰。”

宙斯就按照希累的話，如此這般地吩咐了雅典娜一番。

雅典娜本來就躍躍欲試，宙斯剛説完，她就倏地飛下奧侖波的頂巔，像流星一般劃過天空，迸出無數火星。雙方的戰士們看到這副景象，個個大驚失色，心裡想道：

"這難道意味着血淋淋的戰爭又要開始了嗎？要麼是宙斯要使兩軍講和吧？"

雅典娜搖身一變，變成英勇善戰的拉俄多科的模樣，混進特洛伊人的隊伍。她在人群中左找右找，找到了潘達洛。她對潘達洛説：

"潘達洛，你要是肯向曼涅勞射一箭，把他射死，那麼每一個特洛伊人都會感激你。尤其是帕里斯王子，他會帶上一份厚禮來酬謝你。你得向阿波羅許願，將來回到故鄉後，用第一胎生的羔羊為他獻祭。"

莽撞的潘達洛聽了她的話，就立即把他那張用山羊的大角做成的弓準備停當。為了取這隻山羊的角，他曾耐心地趴在地下等候牠從岩石的縫隙裡鑽出來。他一箭射在山羊的胸口上，山羊噗通一聲倒下來。他叫一名手藝很高的匠人把那對角接起來，打磨得鋥亮光滑，還在兩頭包上金箔。

潘達洛把箭壺豎在地上。他那幾個忠心耿耿的隨從站在他前面，舉起盾牌保護他。他揭開箭壺的蓋子，抽出一支嶄新的利箭，麻利地將箭搭上弓弦，向阿波羅禱告許願，然後將大弓拉成滿月，只聽見弓弦噹的響了一聲，利箭就躥上天空，嗖地向敵人的陣營飛去。

哎呀，曼涅勞好險哪，但是天意另有安排，沒有讓他死掉。箭雖然射中了目標，多虧雅典娜女神已及時趕到曼涅勞跟前，就像慈母為睡得正香的嬰兒轟走蒼蠅似的，把利箭輕輕一撥，使它扎在曼涅勞身上保護得最嚴密的部位。

那箭穿透了皮帶上的金鈎、繡花的胸甲及貼着青銅片的圍腰，最後才扎進曼涅勞的皮肉。一股鮮血馬上從傷口淌出來，順着他的腿一直流到腳踝上，把他那白淨的皮膚染得紅彤彤的。

阿加曼農看見了血，不禁嚇得渾身打冷戰，連英勇的曼涅勞本人也吃了一驚。後來他發現箭頭上的倒刺還露在外邊，知道傷口不深，這才放了心。

阿加曼農大聲説：

“我親愛的弟弟，剛才我為停戰宣了誓，叫你替我們大家去跟帕里斯單獨決鬥。你打敗了他，為阿凱人贏得了光榮。沒想到他們竟卑鄙地背信棄義，對你放冷箭，踐踏了神聖的誓約。

這個條約是用酒和羔羊的血莊嚴地締結的，不能輕易廢除。但是到頭來這筆賬一定要算清。宙斯會因他們這個罪行而大大震怒，總有一天，伊利昂城要陷落的。”

曼涅勞安慰他説：

“不要緊的，哥哥，這支箭並沒有射中要害。”

阿加曼農立刻派侍從去把大醫師阿斯克勒庇俄的兒子馬卡翁找來。

馬卡翁穿過阿凱大軍密集的人群，來到曼涅勞受傷躺着的地方，只見將領們都簇擁在他周圍。馬卡翁立即拔出了箭，並把傷口的血擦乾淨，塗上一層清涼舒適的油膏，那是刻戎替他父親調製的。刻戎是個半人半馬的怪物，精通醫術，馬卡翁的父親曾向他學習。

馬卡翁正在給曼涅勞處理傷口的當兒，特洛伊人已開始進攻了，阿凱人也重新拿起了武器。阿加曼農精神抖擻地在隊伍中巡行，誇獎那些士氣高的，嚴厲譴責那些鬆鬆垮垮的，他看見老將奈斯陀也憑着自己多年的作戰經驗在鼓舞士兵。

雙方的軍隊終於接觸了，死傷的人多得數不清。鮮血流成了河。

普里安的兒子安提福擲過一支鋭利的長矛，把阿凱人琉科斯扎死了。奧德修看見夥伴被殺，勃然大怒，披掛着閃亮的銅盔甲，衝入敵軍的陣線，把他那明晃晃的鏢槍使勁擲出去，剛好戳穿了普里安的另一個兒子得摩科翁的太陽穴，得摩科翁當場就送了命。

一時，阿凱人佔了上風，特洛伊人節節敗退。正在觀戰的阿波羅給特洛伊大軍打氣，喊道：

"衝啊，特洛伊的將士們！阿凱人並不是鐵石做的，他們的皮肉抵擋不住你們的銅矛。再説，阿戲留也沒有來參加戰爭，他還坐在他的黑皮船旁邊生氣哪！"

雅典娜女神則站在阿凱人一邊，她在陣地裡走來走去，看見落後的就督促他們。

5. 狄奧彌底立戰功

這時候，在雅典娜的激勵下，狄奧彌底奮勇作戰，把敵人衝得落花流水。哪裡戰鬥最激烈，他就出現在哪裡，他的盾牌和頭盔熠熠發光，和他比起來，戰友們顯得軟弱無力。

他就像冬天的洪流衝塌堤壩那樣衝過戰場，特洛伊人在他面前紛紛倒下去，他們人數再多，也抵擋不住他。

潘達洛看見狄奧彌底趕得成群的人丟盔卸甲，爭相逃命，就急忙對準他射了一箭，剛好射中他右肩的一片胸甲。鋒利的箭頭刺透了那片甲，扎進皮肉。潘達洛得意忘形，高聲嚷道：

“特洛伊人！上前去殺他們！最勇敢的一個敵人受傷了，也許很快就要送命啦！”

儘管潘達洛這麼誇海口，狄奧彌底卻並沒有受致命傷。他往後退了一段路，叫人把箭拔出來，鮮血直流，將胸衣染紅了一大片。

狄奧彌底向雅典娜禱告道：

“雅典娜，請開開恩，讓我去殺死潘達洛吧，求求您啦。

把我帶到可以朝他投矛的距離內吧，我一直還沒趕上這樣的好機會哩。”

雅典娜聽見他的禱告，就來到他身邊，囑咐他道：

“現在，狄奧彌底你可以放心大膽地去跟特洛伊人戰鬥了。我讓你能辨識神和人。你千萬不要跟永生的神較量，但只有一個例外。如果女神阿芙洛狄蒂也參加戰鬥，你就不妨用銅槍傷害她。”

於是，狄奧彌底就像一頭受傷的雄獅一樣，兇猛地衝進特洛伊人的陣營去，用秋風掃落葉的勢頭消滅了一大批敵人。

阿芙洛狄蒂的兒子埃涅阿看見狄奧彌底給特洛伊大軍造成這麼慘重的傷亡，就冒着風險去找潘達洛，並對他說：

“大家都說你是特洛伊軍隊中最優秀的弓箭手，你怎麼不朝那個傢伙放一箭呢？他橫衝直撞，打倒了咱們許許多多戰士。”

潘達洛對埃涅阿行了個軍禮，說：

“我從那個人的盾牌、頭盔和馬，認得出他準是狄奧彌底。我猜想，一定有一位神在雲霧裡保護着他，使我的箭在射中他的時候轉了方向。我確射穿了他的胸甲，原以為他一定死了。

我家裡有十一輛戰車，每輛戰車駕着兩匹馬。我動身前，父親囑咐我，說同敵人交鋒的時候，應該從戰車上指揮部下。但我心疼那些馬，怕牠們到這兒來沒有足夠的糧草吃，所以既沒帶戰車，也沒帶馬。

我是走來的，把弓箭當作唯一的依靠。我曾射中曼涅勞和狄奧彌底，結果一個也沒射死，只是激起了他們更大的仇恨。”

埃涅阿說：

“那麼你就上我的戰車好了，咱們換一種武器來對付他。”

他倆就乘着那輛兩匹駿馬拉的華麗戰車，朝着狄奧彌底直奔而來。

潘達洛高聲喊道：

“原來狄奧彌底是箭所射不倒的！好，讓我用槍試試看！”

他邊喊邊把長矛擲過去，恰恰擊中狄奧彌底的盾牌，銅矛尖穿透盾牌，扎在狄奧彌底的胸甲上。

潘達洛興奮地嚷道：“扎着胸口啦，你完蛋啦！”

英勇的狄奧彌底沉靜地說：

“你連碰也沒碰着我，現在也讓你嘗嘗我的厲害！”

話音未落，他早已投過一矛去。由於雅典娜暗中引導，那支長矛打中了潘達洛的鼻子，穿過牙根，截斷舌頭，不偏不倚地扎在喉管上。潘達洛一骨碌滾下戰車，身上那鋥亮的鎧甲也琅琅作響，這就是潘達洛的悲慘下場。

埃涅阿怕阿凱人要來搶屍首，就急忙跳下戰車，用長桿槍和圓盾掩護屍身。狄奧彌底舉起一塊連兩個人都搬不動的巨石，朝着埃涅阿砸過去，正好砸在屁股上，擊碎了骨頭，幸而阿芙洛狄蒂趕了來，用她那閃亮的長袍下襬遮住他，他才沒被狄奧彌底投來的長矛扎死。

雅典娜曾告訴狄奧彌底，不必對阿芙洛狄蒂手下留情，狄奧彌底就朝阿芙洛狄蒂刺了一矛，把她的手掌刺破了，阿芙洛狄蒂尖叫一聲，把她的兒子撂下了。阿波羅立即將埃涅阿摟在懷裡，用烏雲包起他來，這樣，敵人就無法傷害他了。

狄奧彌底發出勝利的歡呼聲，對阿芙洛狄蒂嚷道：

“打仗的事，以後你不要插手了。不然你會吃苦頭的。”

由於傷口痛得厲害，阿芙洛狄蒂只好退出戰場。原來神不吃麵包，不喝糧食釀成的酒，他們的血管裡流的不是血，而是靈液，阿芙洛狄蒂的傷口淌着靈液，狼狽不堪地回到奧倫波山頂上。她母親狄俄涅用雙手替她輕輕地撫摸了一下，傷口馬上就長好了，疼痛也完全消除了。

宙斯對阿芙洛狄蒂說：

“孩子，打仗不是你份內的事，你還是專門負責愛情與婚姻，把軍事留給愛冒險的戰神阿瑞斯和雅典娜去管吧。”

天上的神這麼閒聊的時候，地面上的仗愈打愈激烈。狄奧彌底明明知道阿波羅在親自保護埃涅阿，他卻一連三次殺氣騰騰地衝上去，非要幹掉埃涅阿不可。他渾身是膽，連射神也不放在心上了。阿波羅每次都用閃亮的盾牌將他擋回去。當他像個惡魔般地第四次進攻的時候，射神厲聲喝住了他：

“你好狂妄，敢跟神較量嗎？住手！永生的神跟人不一樣，不是一般血肉做成的。”

狄奧彌底頓時想起雅典娜的警告，就後退了幾步，阿波羅這才把埃涅阿送進神殿去養傷。在那裡，他的傷口癒合了，容貌也更英俊了。

射神阿波羅為埃涅阿造了個替身，跟真的埃涅阿一模一樣，還穿着他那身漂亮鎧甲。雙方的軍隊哪裡知道射神耍的花招呢，他們為了爭奪這個替身，展開了一場白刃戰。

這當兒，阿波羅對性情暴躁的戰神阿瑞斯說：

“殘暴的阿瑞斯，請你出面把狄奧彌底趕出戰場。他不但打傷了阿芙洛狄蒂，竟然還朝我撲來。連宙斯他也不放在眼裡了。”

阿波羅說完話，就回到天上去了。戰神阿瑞斯搖身一變，變成特洛伊的盟軍將領阿卡馬的模樣，混進特洛伊的隊伍裡去鼓舞大家。他首先激勵普里安的幾個兒子。

盟軍將領薩爾珀冬也隨聲附和地說：

“赫克托，你平時的英雄氣概哪兒去了？你曾誇口說，要守這座城用不着特洛伊大軍，也用不着盟軍，只消你的兄弟們和你的姐夫妹夫們幫忙，你就是單槍匹馬也守得住。現在他們怎麼一個都不見了呢？他們都像獵狗見到獅子似的躲藏起來，光讓我們這些盟軍來戰鬥。要知道，我們是丟下老婆孩子，老遠地跑來支援你們的哩。”

這番話使赫克托深受感動，他雄赳赳地揮舞一對鋒利的長矛，率領特洛伊人去向阿凱人進攻。阿凱人也不示弱，不屈不撓地守住陣地。

這當兒，埃涅阿精神飽滿地回到戰友當中來了，大家自是十分高興。他剛上戰場，就殺死了敵軍中的一對健將：雙生子克瑞同和俄爾西羅科。

這對雙胞胎壯實得像兩棵高大的松樹，就這樣活活地被埃涅阿砍倒了。曼涅勞十分可憐他們，他飛快地衝進敵營，想把他們的屍首拖回來。埃涅阿哪裡肯讓，他倆就相互用鋒利的長矛瞄準對方。這時老將奈斯陀的兒子安提洛科趕來了，和曼涅勞肩並肩站在一起。埃涅阿一個人招架不住這兩位勇士，只好眼睜睜看着他們把那對雙生子的屍首拖回阿凱人的陣地。

曼涅勞和安提洛科將屍首交給部下後，又重新上陣，衝到特洛伊人的隊伍裡去廝殺。赫克托見了這種情況，大聲吶喊着直奔而來。戰神阿瑞斯率領特洛伊軍隊，替他做強大的後盾。阿瑞斯搖身一變，變成凡人，掄着巨大的長矛，和赫克托形影不離。

別人認不出阿瑞斯的真實面目，雅典娜卻使狄奧彌底能夠識別神和人。他見了阿瑞斯，不由得驚惶失措，就像是一個旅客，在平原上走啊，走啊，猛地瞥見前面有一條湍急的河流，只好沿着原路退回去。

狄奧彌底對部下說：

“怪不得赫克托王子的長矛投得那麼準，勇敢得令人吃驚，原來一直有一位神在保佑他。咱們只好退卻吧，只是臉還得朝着敵人，一步步往後退，咱們絕不能跟神打仗。”

於是，阿凱人既不掉過身去往黑皮船裡逃，也不向敵軍反擊，只是逐漸向後退卻。他們一個個地倒在赫克托和身披銅鎧甲的阿瑞斯手下。

女神希累從天上看到這般情景，憤憤地對雅典娜說：

“要是讓阿瑞斯這麼瘋狂地鬧下去，咱們怎麼向曼涅勞交代呢？咱們答應過他，讓他攻下伊利昂城，勝利地回故鄉去。來，咱們倆馬上去參加戰鬥吧。”

好戰的雅典娜正巴不得這一聲兒，倏地跳下神座。她脱掉錦繡長袍，換上軍裝，用宙斯的各種武器把自己裝備起來。希累和雅典娜各自乘上一輛嗞嗞冒着火焰的戰車，來到宙斯跟前。原來宙斯離開眾神，正獨個兒坐在奧侖波群峰的頂巔上呢。

希累對宙斯説：

“你看阿瑞斯那麼猖狂，我實在忍耐不下去了。如果我去把他狠狠地揍一頓，你會生我的氣嗎？”

宙斯説：

“我不會生氣的，你放手去幹好了。也讓我們的女戰士雅典娜去折磨他一頓吧。”

希累聽了，頗為滿意。兩位女神驅車降落到特洛伊郊區，把車馬藏在雲霧裡。她倆徒步走上戰場。

希累搖身一變，變成大嗓門的斯屯托爾。她説了一番慷慨激昂的話，鼓舞阿凱人去衝鋒陷陣。

雅典娜則去找狄奧彌底，他身上的傷口又破了，正在那兒擦血。

雅典娜問他為甚麼這樣膽小怕死。

狄奧彌底説：

“我認識你，你是女神雅典娜。我絕不是害怕，我只是按照你的吩咐去做罷了。你囑咐過我，除了阿芙洛狄蒂之外，不許跟任何神戰鬥。現在這個所向無敵的勇士，正是戰神阿瑞斯呀，我只好退卻到這裡，並且讓部下也集合在我周圍。”

目光炯炯的雅典娜大聲説道：

“噢，我明白啦。有我給你撐腰，阿瑞斯也好，其他任何神也好，你都用不着害怕。現在你儘管把戰車趕過去，給阿瑞斯點厲害嘗嘗。你知道嗎，這傢伙前幾天還唸叨要幫助阿凱人去打特洛伊人呢。現在竟變了卦，站到特洛伊人那邊去了。”

這當兒，戰神阿瑞斯身上濺滿了血，正忙着從一個被他打死的阿凱人身上剝鎧甲，可是他一看見狄奧彌底，就撇下屍體朝狄奧彌底撲來。

雅典娜戴着一頂隱身帽，守護在狄奧彌底身旁，戰神用他的銅矛朝狄奧彌底刺來，雅典娜一把抓住柄，往上一舉，使戰神撲了個空。

於是，狄奧彌底大吼一聲使起長矛來，雅典娜幫助他把矛尖刺進阿瑞斯的小肚子，戳傷了他的嫩肉。隨後，狄奧彌底使勁把矛尖拔了出來。

阿瑞斯疼得嗷嗷亂叫，聲音大得猶如一萬名士兵在齊聲吶喊。

狄奧彌底瞧見戰神在濛濛雲霧之中盤旋着飛上天去，彷彿是三伏天颳起一陣旋風，半空中騰起一根烏黑的雲柱。

阿瑞斯指着傷口裡淌出的靈液，向宙斯哭訴道：

“雅典娜慫恿傲慢的狄奧彌底，把我打傷了。”

宙斯瞪着阿瑞斯說：

“你幹嘛到我這兒來哭哭啼啼地告狀？你不是最喜歡打仗嗎？在奧侖波的神當中，我最討厭你了。你母親希累的脾氣跟你一樣倔，用甚麼話也説服不了她。我估計你受這麼大的罪，你母親還有份呢。可是你畢竟是我的親骨肉，你母親又是我的妻子，我不願意讓你繼續受罪。”

於是，宙斯就叫派厄翁給阿瑞斯治傷。派厄翁給他敷上了一種清涼的油膏，他的傷口馬上就癒合了。接着，赫柏給他洗了個熱水澡，拿出一套考究的衣裳讓他換上。阿瑞斯就重新大大咧咧地坐在宙斯身邊了。

就這樣，希累和雅典娜成功地制住了阿瑞斯的屠殺行為，這會子她倆也已回到宙斯的宮殿裡了。

6. 赫克托和他的妻兒

眾神回到天上以後，特洛伊人和阿凱人就各憑自己的力量繼續作戰，曼涅勞活捉了特洛伊的盟軍將領阿德瑞斯托。阿德瑞斯托告饒說：

"你不要殺我，我父親墨洛普很有錢，要是他知道我作了俘虜，你會拿到一大筆贖款的。"

曼涅勞正吩咐侍從把阿德瑞斯托送上船，捆在船上等着他父親來贖，阿加曼農趕來規勸他的兄弟道：

"咱們不能憐惜他們，連還沒出娘胎的娃娃也不要放過，必須把他們整個民族消滅乾淨。"

曼涅勞接受了哥哥的竟見，把阿德瑞斯托推開了，阿加曼農只一矛就戳死了他。

特洛伊大軍眼看就要敗退的時候，特洛伊最好的占卜師赫勒諾 (他是赫克托的弟弟) 跑來找埃涅阿和赫克托。他說：

"哥哥，你回到城裡去找咱們的母親，叫她帶幾個上了年紀的婦女去向雅典娜女神許願，只要她把狄奧彌底趕出特洛伊，咱們就用十二隻一歲的小母牛到她廟裡去獻祭。狄奧彌底簡直成了殺人狂，連阿戲留都沒給咱們造成這麼大的傷亡。”

赫克托進了宮殿，見到了他母親赫卡柏王后。王后問道：

“赫克托，戰爭這麼激烈，你怎麼跑回來了？難道阿凱人真會把咱們的城池攻下來嗎？”

赫克托就告訴她獻祭的事。王后帶上最富麗的袍子，到雅典娜神廟去，叫女祭司把它披在女神的膝蓋上，並且誠心誠意地向女神禱告，但女神只是默默地搖了搖頭。

赫克托看見帕里斯還待在自己的臥室裡，就責備他道：

“這個城市鬧得一片殺聲，都是你造成的。你還不快上戰場去，不要等全城都葬在火焰裡！”

帕里斯說，他的妻子赫連妮也正在規勸他快點上前線去，他披上鎧甲就來。

赫連妮從一旁用溫柔的話語來平赫克托的氣。她說：

“親愛的哥哥，在椅子上歇會兒吧。你肩上的擔子比誰都重，而這全是我和帕里斯惹的禍。”

赫克托說：

“赫連妮，我知道你是一片好心，但我必須去看看我的妻子和小兒子。因為沒準兒我再也不能活着回來了。”

赫克托的妻子叫安德洛瑪刻，是底比斯城的國王埃厄提翁的女兒，她不在宮殿裡，由於聽說特洛伊人已打敗了，就跑到城樓上去看個究竟。奶媽抱着他們的獨生子，也跟着去了。

赫克托沿着來路匆匆趕到通往平原的斯開亞門，只見安德洛瑪刻迎過來了，後面是懷裡抱着娃娃的奶媽。她淚汪汪地對他說：

"赫克托，你是着了魔啦。你這樣手下不留情，遲早有一天，阿凱人要集合大軍來殺死你。你怎麼不替你的小兒子和不幸的妻子着想。當阿戲留攻陷底比斯城的時候，我父親死在他手下。阿戲留很講義氣，他沒有剝我父親那身鋥亮的鎧甲，就把他火化了，還替他築起一座體面的墳墓。山中的仙女們在他的墳墓周圍栽起一圈榆樹。

我本來有七個兄弟，也在同一天被阿戲留統統殺死了，我母親底比斯王后作了俘虜。我外祖父給了阿戲留一大筆贖款，把她接回到自己家裡，但是女射神阿特密卻將她射死了。

所以，赫克托，你不但是我親愛的丈夫，同時又是我的父母和兄弟。請你可憐可憐我們娘兒倆，不要叫你的娃娃做孤兒、你的妻子做寡婦。你趕緊派人去守住長着無花果樹的那塊地方吧。敵軍大概已經知道了那裡的城牆最容易攀登，那裡的防禦最容易攻破。他們已經三次派精銳部隊朝那兒進攻了。"

赫克托說：

"我絕不能像個膽小鬼似地躲藏起來，不去打仗，那樣我就永遠沒有臉去見特洛伊父老和拖着長袍的特洛伊婦女了。我必須一馬當先，為我父親和我自己爭光。

我心裡知道，遲早有一天，所有的特洛伊人將隨着這座美麗的城市一道毀滅。我的母后赫卡柏，父王普里安，以及我的兄弟們都將吃盡苦頭。但是最使我難過的莫過於你將淚流滿面地被阿凱戰士們搶去做奴隸。我怎麼能忍心叫你在陌生的國土上幹那些織布挑水的苦活呢！人家看見你在哭哭啼啼，就會說：'那個女人是大名鼎鼎的赫克托的老婆，當年伊利昂城被

圍的時候，赫克托還是個健將哩。’

每逢他們這麼議論，你聽了都會格外痛心，淒楚地哀悼你死去的丈夫。如果他還在人間，就可以保護你，絕不會使你失去自由的。

唉，但願我的屍體深深地埋在大地底下，免得聽見你被敵人拖走時發出的尖叫聲！”

奶媽一直抱着嬰兒站在安德洛瑪刻身後，那個娃娃才幾個月，長得像星星一樣可愛，是赫克托的寵兒，他給孩子起名叫斯卡曼德里俄，可是因為孩子的爸爸是伊利昂城唯一的保護者，大家都管他叫阿斯提阿那克，意思是“城主”。

赫克托看着小兒子，不由得伸出胳膊要去抱他。可是爸爸戴的黃銅頭盔以及頂上那猙獰地朝他搖擺的馬鬃飾，把娃娃嚇壞了，他哇的一聲哭了，縮回到奶媽的懷抱裡，他的爹媽都情不自禁地大笑起來。赫克托連忙摘下那頂閃閃發光的頭盔，擱在地下，然後吻吻兒子，一面把他抱在懷裡愛撫着，一面向宙斯和眾神禱告道：

“宙斯和其他各位神啊，請保佑我這娃娃長大後能像我這樣傑出和英勇，好做伊利昂的強大君主。當他打勝仗回來的時候，許多人都會説：‘瞧，他比他爹還強呢！’讓他把他殺死的敵人的鎧甲帶回家，好叫他媽高興高興。那些鎧甲上，還沾着敵人的血呢。”

赫克托説罷，把娃娃交給她妻子，她就把娃娃摟進懷裡。她流着淚微笑着，丈夫見了，心裡十分感動。他輕輕地拍着她的背説：

“親愛的，我求求你啦，不要太難過。膽小鬼也罷，英雄也罷，命運是誰都逃不過的，這會子回家織布紡紗去吧，叫女僕們也幹她們自己的活兒，打仗是男子漢的事。這一仗，特洛伊人個個都有份兒，尤其是我。”

赫克托邊説邊戴上他那頂沉甸甸的頭盔。他的妻子這才動身回去，連連回頭翹望，一路灑着大顆大顆的淚珠。她進了宮殿後，一群女僕圍上來，號啕大哭。赫克托雖然還健在，女眷們卻預感到他是難以逃脱阿凱人的憤怒和兇暴的，她們相信他再也不會從戰場上活着回來了。

赫克托剛要離開跟妻子談心的那個地方，帕里斯也穿好了他那件用青銅片綴起來的漂亮鎧甲趕來了。帕里斯神氣活現，非常欣賞自己的儀表。他宛如一匹雄馬，在馬槽裡養得上了膘，趾高氣昂地沿着田野奔馳，去到雌馬經常吃草的地方。他對赫克托説：

“哥哥，對不起，我來晚了。”

赫克托説：

“為了你的緣故而吃苦的特洛伊人都在罵你，我聽了，心裡實在不受用，咱們快去作戰吧。”

7. 大埃亞獨戰赫克托

赫克托王子和他的兄弟匆匆走出城門。特洛伊人正在眼巴巴地盼着他們來。他們一到，皆大歡喜，就像水手們在海上划槳，累得四肢都麻木了的時候，忽然颳來了一陣順風似的。

哥兒倆帶頭殺死了不少阿凱人。雅典娜女神見了很着急，就從奧侖波山巔連忙降落到伊利昂。阿波羅卻巴不得特洛伊人打勝仗，他就跟過去阻攔她道：

“你是不是想讓阿凱人得勝才來的？你且聽我講，我有個更高明的計策，咱們來使這場戰鬥暫時停止吧。過一天再讓他們好好打，一直打到伊利昂城毀滅為止。”

雅典娜問道：

“行啊，射王。可是你打算怎樣使他們停止戰鬥呢？”

阿波羅說：

“咱們可以激起赫克托，讓他向阿凱人挑戰，要求阿凱大軍派出一個人來跟他單獨決鬥。”

這兩位神使先知赫勒諾知道了他們的意圖，赫勒諾就去向他哥哥赫克托提出這個建議。

赫克托隨即走到兩軍當中的無人地帶，朝着阿凱人的陣地喊道：

“你們當中有哪一位敢跟我交一交手嗎？如果你們的人用長柄矛殺了我，他可以剝掉我的武裝，拿回自己的船裡去，但是他必須讓特洛伊人把我的屍體運回家，照應有的儀式焚化。

如果阿波羅讓我得勝而殺死你們的人，我也要剝掉他的鎧甲，把他帶回伊利昂，掛在牆壁上，但是我會把他的屍體送回你們的船，好讓你們為他舉行葬禮，並為他在海邊修一座墳墓。將來有旅客乘船從海上經過那墳墓，就會說：‘那就是和赫克托決鬥而喪命的戰士的墓碑。’於是，我的名聲就可以永垂不朽了。”

阿凱大軍聽了赫克托這番挑戰的話，都不敢吭聲。拒絕呢，太泄氣，接受嘛，又沒膽量。曼涅勞把大家罵了一頓，着手穿鎧甲，準備去應戰。

阿加曼農驀地抓住他的右手，阻攔他道：

“你發瘋了，曼涅勞！你沒有必要去幹這種蠢事。阿戲留比你棒多了，可是就連他都有點怕和赫克托在戰場上交手，現在你快回到部隊裡坐着去吧，阿凱人會另外找到勇士去跟他決鬥的。”

曼涅勞聽到哥哥這番規勸，只得讓步。於是奈斯陀站了起來，慷慨激昂地鼓舞全軍的士氣。

聽了老將的話，九個人跳了出來。他們是：阿加曼農、狄奧彌底、大埃亞和小埃亞、伊多墨紐和他那個可以跟戰神比高低的侍從墨里昂涅以及大智大勇的奧德修。

奈斯陀建議抓鬮兒來決定誰去應戰。九個人各自做了一個鬮兒，奈斯陀將它們放在阿加曼農頭盔裡搖了搖。剛好大埃亞的鬮兒蹦了出來，於是決定由他去接受挑戰。

大埃亞和赫克托向宙斯禱告後，相隔一定的距離站好。赫克托首先投擲長柄矛，他擊中了大埃亞的盾。那個盾有七層厚，銅矛尖刺穿了六層，可是被第七層皮革擋住了。

緊接着，大埃亞也投過一矛，剛好打中赫克托的圓盾。銳矛穿透了盾牌，一直扎進赫克托的胸甲，連裡面的襯衫都劃破了。幸而赫克托及時閃開了身子，不然就送了命。

雙方又重新廝殺起來，既像是兩頭吃肉的猛獅，又像是野豬，因為野豬的力氣也小看不得。

赫克托的銳矛刺中了大埃亞的盾牌中心。那銅頭並沒有穿透，堅硬的盾牌擋住了它。大埃亞一個箭步竄過去，刺在赫克托的盾牌上，矛刺穿透盾牌，扎破了他的脖頸，鮮血直流。

赫克托不顧受傷，舉起一大塊鋸齒形的黑色石頭就對準大埃亞的七層盾扔去。咣啷一聲，恰好擊中了最外面的銅皮，卻沒能把它打碎。大埃亞又舉起一塊巨石，揮舞一下向赫克托擲去，噹啷一聲就把盾打癟了。赫克托吃不住勁兒，直挺挺地仰面倒在地上，阿波羅趕快把他重新扶起來。

當時要不是兩位傳令官給他們排解，他們早就拚起刺刀來了。阿凱人方面的傳令官叫塔爾提比俄，特洛伊人方面的叫伊代俄。他們在兩個決鬥者當中舉起手杖，富有經驗的伊代俄說：

“歇手吧，現在可以停止戰鬥了，而且天也快黑了。”

兩個決鬥者接受了傳令官的建議，赫克托還提出，相互交換一些禮品，好讓雙方的軍隊知道，他倆雖然拚死拚活打了一場，打完後又和好了，做了朋友才分手。

赫克托送給大埃亞一柄有着精緻佩帶的、銀星點綴的劍，大埃亞則送給赫克托一條華麗的紫色帶子，兩個人回到各自的隊伍裡。赫克托的部下把他當作死裡逃生的人，高高興興地送他回城。阿凱的戰士們都因大埃亞的勝利而得意洋洋，簇擁着他去見阿加曼農王。

阿加曼農特地叫人宰了一頭五歲的公牛，烤熟後大家分着吃。吃飽喝足後，奈斯陀建議道：

“明天一清早，咱們就宣告暫且休戰，把戰場上的屍體運回來火化。咱們在焚屍堆上築起一道高高的壁壘來保護船和人，壁壘上開一扇堅固的門，讓人馬和戰車進進出出，還在壁壘外面掘一條跟它平行的深溝，萬一特洛伊人攻上來，就可以用它來擋住敵人的戰車和步兵。”

同一個時候，特洛伊人也在開會。有人建議把赫連妮連同她帶來的財物一古腦兒還給曼涅勞，因為這樣打下去，不會有甚麼好結果。帕里斯則堅決不同意放棄赫連妮。財物嘛，他倒不在乎，不但同意把屬於赫連妮的全部歸還，還可以加上他自己的一些。

阿凱人同意了關於焚化屍體的建議，但是他們不稀罕赫連妮的財物，連赫連妮本人也不要。因為任何傻子都看得出，特洛伊人眼看就要滅亡了。

將屍體焚化後的第二天，阿凱人就照奈斯陀的話築壁壘挖壕溝，還沿溝栽起一排尖尖的木樁子。

天上的神看見了阿凱人的工程，不禁感到驚奇。宙斯的弟弟波塞頓抱怨阿凱人事先也不向神獻祭就動起工來了，他是地震神，也是海神。宙斯説：

“等阿凱人開船回家去了，你不是就可以愛怎麼做就怎麼做了嗎？你為甚麼不打碎那壁壘，把碎片扔進海裡，重新拿沙土來覆蓋那長長的海岸呢？”

阿凱人又吃肉又喝酒，狂歡了一整夜。特洛伊人和他們的盟軍也歡宴到天亮。但是天上一直響着隆隆的雷聲，原來宙斯正策劃怎樣使阿凱人大禍臨頭哩。

8. 特洛伊人進逼壁壘

正當曙光映紅了東方的天空時，喜歡打雷的宙斯就召集群神，在奧侖波山巔上開起會來了。他第一個發言道：

“聽着，今後你們當中要是有誰敢插手這次的戰爭，我就逮住他，把他打下地獄。你們要是想試試我的力氣有多大，就從天上掛下一條金索吧。

我拿着上邊這一頭，你們大家攥住另一頭。你們使多大勁兒，也不可能把我拖下地去。可是只要我把我那一頭認真一拽，就可以把你們大家連同大地、海洋甚麼的一古腦兒拽上來。然後我把金索的一頭拴在奧侖波山巔上，讓一切東西都懸掛在半空中。我的力氣就有這麼大，遠遠超過一切神和人。”

群神聽了他的話，個個嚇得啞口無言。過一會兒，雅典娜才壯起膽子來說：

“我們都知道您是不可戰勝的。我們一定聽您的話，絕不會去幫阿凱人打仗。只是替他們出出主意還可以吧？”

宙斯笑了笑，回答道：

“不要怕，我不過是説着玩兒的，並不是存心要折磨你。”

這當兒，阿凱人在帳篷裡匆匆忙忙吃了早飯就出發了。特洛伊人也打開城門，全都擁出來了。

太陽逐漸升高，雙方士兵投的長柄矛，穿梭般地在空中飛舞，兩邊都有傷亡。

到了晌午，宙斯拿出黃金做的天秤，在兩個秤盤上放着死亡的法碼，各自代表雙方的軍隊。他握住秤桿的中心，將它高高舉起，代表阿凱人的一邊立刻垂下來，指出這一天他們要倒楣。代表特洛伊人的那邊則高高翹起，説明他們將走運。

宙斯將一個閃電打到阿凱人的部隊裡，把大家嚇得臉色蒼白。

於是，連伊多墨紐、阿加曼農、大埃亞和小埃亞這些人都沒有勇氣守住陣地了。奈斯陀的一匹馬給帕里斯王子射傷了，所以這位老將沒來得及逃脱。他正要砍斷轠繩的時候，赫克托已經氣勢洶洶地逼近了。狄奧彌底見情勢緊迫，就向奧德修求救：

"奧德修，請你幫幫忙，替那位老人打退那個蠻子吧。"

可是奧德修只顧奪路奔逃，根本沒聽見狄奧彌底的話。

這樣一來，狄奧彌底只好獨自去解救奈斯陀，他派兩個侍從去照料奈斯陀的馬，並請奈斯陀上了自己的戰車，他把轠繩交給了奈斯陀。

不一會兒，他們就進入了可以向赫克托投長柄矛的距離內。狄奧彌底趁着赫克托衝上來的時候，將長柄矛朝他擲去，沒有打中赫克托，卻打中了替赫克托駕車的侍從。那人被打中了胸，一個跟頭栽下戰車就嚥了氣。

赫克托也顧不得去哀悼他的戰友了，趕緊跳下車去找替手。這時戰局對阿凱人非常有利，這位特洛伊英雄處在完全沒有防禦的地位。要不是宙斯果斷地採取行動，特洛伊人就會遭到毀滅性的災難，將像綿羊被趕進羊圈似的被轟回伊利昂去。

就在這緊急關頭，宙斯打了個火光閃閃的霹靂，剛好落在狄奧彌底的馬前，兩匹馬一驚，退縮到戰車底下去。奈斯陀説：

"咱們快跑吧。你沒看見宙斯在支援赫克托嗎？"

奈斯陀掉轉馬頭，往回逃，赫克托率領特洛伊大軍發出驚天動地的吶喊在後面追趕。赫克托一路還罵狄奧彌底是個窩囊廢。

狄奧彌底三次想撥轉馬頭去跟赫克托較量，可是宙斯三次打雷警告他說，自己在支持特洛伊人。赫克托邊追趕，邊繼續嘲諷狄奧彌底，他的口氣狂妄得把天后希累惹惱了。

希累去跟波塞頓商量，要把站在阿凱人這邊的神聯合起來，阻止宙斯幫助特洛伊人。這位地震之神卻不敢得罪宙斯，因為宙斯比群神強大得多。

這時候，阿凱人已經被赫克托逼得統統退回到壁壘後面去了。如果赫克托進一步把阿凱人的黑皮船放火燒掉，那麼局面就沒法挽回了。多虧希累提醒阿加曼農，叫他及時行動，鼓起阿凱大軍的士氣。

於是，阿加曼農爬上了奧德修的船。這條船剛好在船隊的中心，從這裡發出的聲音，兩端都聽得到，一端是大埃亞的帳篷，另一端是阿戲留駐紮的地方。

阿加曼農向宙斯大聲禱告道：

"天父宙斯啊，我們坐船到這裡來的時候，始終也沒忽略過對您的獻祭。為了打下伊利昂城，我們曾焚燒過雄牛的脂肪和腿肉。如果別的事情辦不到，至少留給我們一條活命吧，不要再讓特洛伊人這樣欺負我們。"

阿加曼農的眼淚和禱告使宙斯深深感動，他點了點頭，保證阿凱大軍可以得救。他還派一隻老鷹把一頭小鹿撂在阿凱人為宙斯搭的祭台上。阿凱人看見小鹿，知道那是宙斯支持他們的象徵，就鬥志昂揚地撲向特洛伊人。

雙方一直打到火紅的落日沉入海洋，後邊拖着黑夜，把豐饒的大地覆蓋起來。特洛伊人愈打愈歡，絕不願意天色黑下來。阿凱人卻左盼右盼，好容易把黑夜盼到了。

赫克托王子挑了一塊沒有屍首的空地，將全軍士兵召集到那裡，向他們說：

"我本來打算今天把那些船舶和所有的阿凱人都消滅了，再回到伊利昂去的。可是天黑得太快了，便宜了敵人，要不然他們早就送了命。

咱們要點起好多堆篝火，一直燒到天明，把整個天空映得亮堂堂的，免得阿凱人突然逃亡。咱們絕不讓他們從從容容上船。咱們要趁他們上船的時候從背後射一箭，或是投一矛，讓他們吃夠苦頭。明天，咱們一定要把阿凱人消滅乾淨。”

赫克托說罷，特洛伊人大聲歡呼起來。他們解下淌汗的戰馬，餵牠們雪白的大麥和裸麥。又各自回家取來了美酒和麥餅，還殺牛宰羊，放在柴禾裡烤，一股肉香隨風飄上天空。

那一夜，特洛伊人在伊利昂城和阿凱人壁壘之間的平原上燃起了成千的篝火，每個篝火的光圈裡都圍坐着五十個人。他們燒起的篝火有繁星那麼多，也像繁星那麼明亮。他們就在戰場上坐等着，一心巴望着天一亮就投入戰鬥。

趣味重溫（1）

一、你明白嗎

1. 從城邦王后被拐到將領阿戲留退出戰鬥，阿凱士兵已在特洛伊度過了（　　）年？

   a. 一　　b. 五　　c. 九　　d. 十

2. 特洛伊之戰一打十年，荷馬並非講一個足本故事，而只講最後幾十天的事情。要知道荷馬為何如此安排，不妨幻想自己是一名吟遊詩人，要向權貴說這段重要的歷史故事。如要足本地講，預計有何情況發生？而荷馬又是如何解決的？試將對應各項連線。

講十年戰爭的足本，可能導致的結果

(1)	(2)	(3)	(4)	(5)
(1) 故事太長，剛剛講到第二年戰事，聽眾已經大喝倒采，你被攆了出去。	(2) 大小事件，事無巨細要面面俱到，聽眾呵欠連連，悶得東歪西倒。	(3) 出現的人名太多，聽眾容易張冠李戴，如墮五里霧中。	(4) 由開戰一刻講起，開場形式平淡無新意，聽眾難有聽下去的意欲。	(5) 雖完整敘述戰爭始末，易缺乏重心和中心，故事零散，也會流於簡單敘事，聽後便忘。

a	b	c	d	e
a 根據主題精選素材，突出重點情節，善用精彩語言，刻畫生動形象和場景，使聽者如身臨其境。	b 圍繞主要、突出的人物講故事。	c 選擇最精彩刺激、高潮疊起的片段，使聽眾聽得欲罷不能。	d 縮短故事，前九年一筆帶過，只講第十年最後五十一天發生的故事。	e 以阿戲留背叛這一情節作開始，把人物的矛盾衝突關係搬出來做開場一幕，頗具匠心，富有戲劇性和吸引力。

荷馬的解決辦法

3. 人間兩軍對壘，天上的神也來參與一番，你知道下列天神，站在特洛伊人還是阿凱人一邊？

a 天后　b 愛情女神　c 射神　d 智慧女神　e 海洋女神　f 戰神

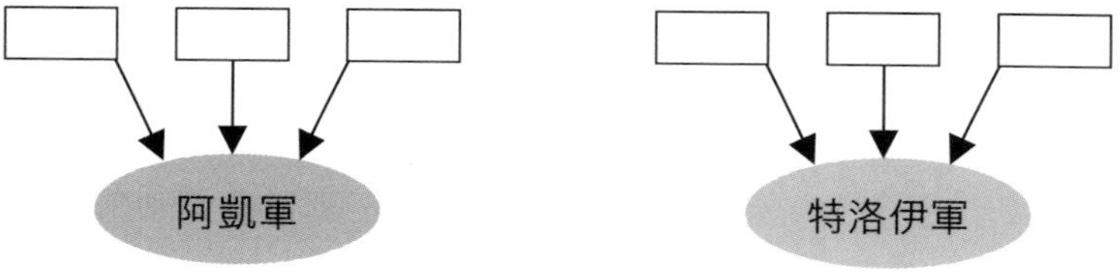

4. 下面這些人物在特洛伊戰爭中都有舉足輕重的作用，你能識別他們的身份，並找出相互間的關係嗎？可用連線標出人物之間的關係。

a 阿戲留

h 曼涅勞　　b 赫克托

g 帕里斯　　c 赫連妮

f 特提斯　　d 普里安

e 阿加曼農

（1）不愛江山愛美人的是：________

（2）半人半神的是：________

（3）"紅顏禍水"是：________

（4）阿凱最高統帥是：________

（5）特洛伊第一英雄是：________

（6）父子關係：________；母子關係：________；兄弟關係：________；夫妻關係：________；情侶關係：________

二、想深一層

1. 特洛伊戰爭是一場驚心動魄的人神大戰，戰爭之前和過程中出現許多異於尋常的事件或現象，在下面這些情節之中，你判斷哪些可能是真實的，哪些是神話想像？請分別在相應空格內劃"√"。

	真實 A	想像 B
（1）赫卡柏又要生一個兒子，他會使伊利昂城整個毀滅。	☐	☐
（2）每天晚上把阿戲留放在天火裡燒，燒燬他從父親那裡遺傳來的人類的成分。	☐	☐
（3）只有辟留的兒子參加了，那座城市才能陷落。	☐	☐
（4）宙斯點了一下頭，於是一綹柔髮散到前額上，巍峨的奧侖波山緊跟着轟隆隆地震動起來了。	☐	☐
（5）神不吃麵包，不喝糧食釀成的酒，他們的血管裡流的不是血，而是靈液。	☐	☐
（6）宙斯拿出黃金做的天秤，在兩個秤盤上放着死亡的法碼，各自代表雙方的軍隊。	☐	☐

2. 木馬屠城是西方最家喻戶曉的戰爭傳奇，塑造出眾多性格鮮明的古代英雄。請將下列人物語言與性格特徵連線配對，體會如何通過富有個性的語言刻畫人物形象。

人物		語言		性格特徵
（1）阿加曼農 ●		● 咱們過去從那些城市搶到的東西已分配光了，你叫戰士們到那兒去找一件新的戰利品來滿足你的貪慾呢？ ●		● 勇敢
（2）阿戲留 ●		● 我絕不能像個膽小鬼似地躲起來，不去打仗，那樣我就永遠沒有臉去見特洛伊父老和拖着長袍的特洛伊婦女了。 ●		● 自私
（3）普里安 ●		● 如果將士們不給我去找一件新的戰利品來補償我的損失，我就要把你的或埃亞的戰利品拿過來，要麼就拿奧德修的。反正我得有一份。 ●		● 寬容
（4）赫克托 ●		● 過來吧，好孩子，坐在我面前，你就可以看見你以前的丈夫和你的親戚朋友了。這場戰爭是天上的神帶給我們的，我不怨你……。 ●		● 正直

3. 下面這些描述自然界、動植物的詞彙，都是在故事中出現的，試把它們歸類，填進下面適當的位置。

（1）

a 濃霧　b 雨點　c 波濤　d 知了　e 雄獅　f 松樹　g 繁星　h 麥子

天象、地理 ________

動物 ________

植物 ________

（2）荷馬史詩中常以自然現象、動植物來形容人或人的活動，被稱為“荷馬式比喻”。請對照故事內容，結合上述詞彙，完成下列比喻句的填充。

〈1〉一連九天，神箭像________一樣啪啪地落在阿凱軍營裡。

〈2〉整個會場轉眼間就亂了，好比麥田裡颳來一陣狂暴的西北風，使一片密密匝匝的________一股腦兒倒伏了。

〈3〉他們爭先恐後回到會場上來，聲音大得猶如怒海的________打在幾里長的沙灘上。

〈4〉他們腳下踢起來的塵土，旋騰着升上去，就像是被大風颳到山頂上來的________。

〈5〉這對雙胞胎壯實得像兩棵高大的________，就這樣活活地被埃涅阿砍倒了。

〈6〉他們已經衰老得不能上戰場了，可是個個都挺健談，講起話來，就像________在樹上聒噪。

〈7〉狄奧彌底就像一頭受傷的________一樣，兇猛地衝進特洛伊人的陣營去，用秋風掃落葉的勢頭消滅了一大批敵人。

〈8〉他們燒起的篝火有________那麼多，那麼明亮。

三、延伸思考

1. 誰是最美麗的人？假設希累、雅典娜、阿芙洛狄蒂三位女神沒有找帕里斯來評判她們之中誰是最美麗的人，而是想找你來作評判，並給出以下承諾：

a 希累：

“如果你同意給我這隻金蘋果，我就讓你去統治大地上最富有的國家。”

b 雅典娜：

“假若你讓我得勝，你將成為人類當中最聰明最剛毅的。”

c 阿芙洛狄蒂：

“我將送給你的禮物會使你幸福：我要把全世界最美麗的女人給你作妻子。”

你會做何選擇？

2. 特洛伊戰爭耗時十年，犧牲慘重，僅僅是為爭奪一個女人，你覺得這值得嗎？在中國歷史上也有諸如“酒池肉林”、“烽火戲諸侯”、“安史之亂”、“吳三桂一怒降清入關”的故事，使妲己、褒姒、楊玉環、陳圓圓等蒙上“紅顏禍水”的罵名。可了解其中一個故事，談談你同意“紅顏禍水”這個說法嗎？

9. 向阿戲留求和

當特洛伊人精神抖擻地守夜的時候，躲在壁壘後面的阿凱人卻嚇得瑟瑟發抖，所有的將領都跌進了絕望的深淵，阿加曼農把其中幾個召集了來，撲簌簌地掉着眼淚說：

"宙斯狠狠地打擊了我，咱們不如上船回家去算了。伊利昂城和那些寬闊的街道是永遠也不能落到咱們手裡的了。"

狄奧彌底站起來反駁他道：

"難道你真的相信阿凱人都是像你所說的那種膽小鬼和叛徒嗎？你要走就自個兒走吧，你的船就在海邊兒停着哪。可是其餘的阿凱人都準備待下去，不攻下伊利昂城，絕不罷休。"

在場的人聽了他這番話，受到鼓舞，大聲喝起彩來。接着，老奈斯陀站起來說：

"你得舉行一次宴會，把高級將領都請來參加，誰出的主意最好，就聽誰的。壁壘外面，敵人燒起了這麼多篝火，咱們的船多危險哪。這次遠征能不能成功，全看今天晚上啦。"

於是，阿加曼農就在帳篷裡設宴招待將領們，酒足飯飽後，奈斯陀頭一個站起來發言：

"你當初從阿戲留的帳篷裡把布里塞伊搶了來，這事兒做得太不應該啦。咱們得想法兒向阿戲留告饒，平平他心頭的氣。"

阿加曼農不但答應把布里塞伊送還給阿戲留，還決定送給他一份厚禮，並且將自己的一個女兒嫁給他。

奈斯陀建議派德高望重的福尼克先去。隨後，英勇的大埃亞和機智的奧德修由兩個傳令官伴同前往。

他們走進了阿戲留的帳篷，看見那位王子正在用音樂消磨時光。他在歌唱天下的名人，邊唱邊奏豎琴，那豎琴是他毀滅埃厄提昂城後，從戰利品中挑選出來的，音色美極了。陪伴他的只有他那忠心耿耿的副將帕特洛克勒，和他面對面坐着，一聲不響地等着他把歌兒唱完。

阿戲留用酒肉款待他們，奧德修舉起酒杯説：

“那些蠻橫的特洛伊人和他們的盟軍已經逼近我們的船舶和壁壘來宿營了。阿加曼農已準備好，等你回心轉意，就拿豐盛的禮品來向你賠禮道歉。他不但把布里塞伊送還給你，還要招你做女婿，像他自己的親生兒子一樣看待。另外，他將要給你七座好城市，都是靠近海的，居民很富，盛產葡萄，畜牧業也很發達。”

阿戲留回答道：

“請問，阿凱人為甚麼要到特洛伊來打仗？要不是為了弟媳婦赫連妮，阿加曼農哪裡會興師動眾到這兒來呢？難道只有他們阿特留一家人是愛妻子的？

凡是有教養、有理性的人，都愛護自己的女人，就像我愛布里塞伊一樣。阿加曼農卻硬把她從我的帳篷裡搶走了，我已經受了他的騙，請不要再對我耍花招了吧。

當初我率領阿凱人打仗的時候，赫克托説甚麼也不敢讓他的部隊遠離城牆。連斯開亞門和那株無花果樹那兒，他都不大去。有一天我在那個地方和他單獨決鬥，我差點兒用矛戳死他。

可是現在情況不同了，我不想和他交鋒啦。明天我就打算乘船回家鄉去。福尼克可以留在這裡和我同宿，如果他願意的話，明兒早晨他就可以同我一起上船回家去了。”

福尼克説：

“阿戲留王子，你如果真的想要開船回家去，並且氣憤到聽憑那些船舶被燒掉也不肯救它們，那麼丟下我，叫我怎麼辦呢，我親愛的孩子？

當初你父親辟留國王送你來幫阿加曼農打仗的時候，不是要我作你的監護人嗎？那時候你還是個毛頭小伙子呢，不論在勇士們可以大顯身手的戰場上還是在辯論會上，你都缺乏經驗。他叫我陪你來，就為的是教會你這一切。

你總該記得，你小時候每頓飯都要坐在我的腿上吃。我把肉切成一小片一小片地來餵你，把我的酒杯湊到你的嘴邊。你那笨拙的小嘴常常滴下酒來，弄髒了我那短褂的前襟。

是的，我把大半輩子的心血都花在你身上了，為了你，不怕受累。我自己沒有兒子，真是把你當成了親骨肉。

不要這麼傲慢吧，阿戲留。天上的神，比你的能耐大多了，但是我們靠禱告和獻祭，甚至還可以打動神心呢。

請你不要等到船舶起火再來救阿凱軍隊，那就太晚啦。你就趁着禮品還能到手的時候出來吧，阿凱人會把你當作一位神來看待的。”

阿戲留說：

“你不要為了博得阿加曼農的歡心，就在我面前這麼痛哭流涕，企圖打動我。你得留神，不要把心交給那個人，不然的話，我會對你翻臉的。你就在我這兒過夜吧，等到天亮後，咱們再決定回不回家。”

阿戲留說罷，就向帕特洛克勒聳聳肩，示意叫他替福尼克鋪床，好催客人早點回去。大埃亞說：

“奧德修，咱們走吧。看來咱們的使命是注定要失敗的了。可是阿戲留對自己人所表現的仇恨，使我不得不有些想法，同伴們把他當作偶像來崇拜，他卻一點兒也不憐惜他們，這就未免太不近人情了。”

阿戲留說：

“你的話很中肯。但是我一想到阿加曼農怎樣當着大家的面把我作為無賴來看待，我就不由得滿腔怒火。現在請你把我的決心告訴他，除非是赫克托一直打到我的帳篷和船舶跟前來殺人放火，我是絕不會再拿起武器來戰鬥的。我堅決相信，不論赫克托的進攻多麼兇猛，我在我的帳篷和黑皮船旁邊也能把他阻擋住。”

兩位使者只好垂頭喪氣地回去。他們剛剛走進阿加曼農的帳篷，阿凱的將領們就一齊擁了過來，拿着金杯向他們祝賀，七嘴八舌地問這問那，其中就數阿加曼農大王的心情最迫切了。

大家聽到這意想不到的壞消息，都目瞪口呆，接着是長時間的沉默。最後，狄奧彌底表示，一旦阿戲留的良心發現了，他還是會出來打的。時候已經不早，人們就回到各自的帳篷去睡了。

10. 夜間發生的事

別人都進入夢鄉後，阿凱聯軍的總司令阿加曼農翻來覆去地總是睡不着。他朝特洛伊王國的平原望過去，只見伊利昂城前面燃燒着數不清的篝火，不由得心中煩亂。他穿上衣服，拿起鋒矛，想去找奈斯陀商量個好辦法，免得遠征軍遭到浩劫。

曼涅勞也和哥哥一樣，一會兒也沒合眼。他想到阿凱人都是為了他的緣故跨過大海到特洛伊來的，心中更是不安，就走出帳篷來找哥哥。

阿加曼農派曼涅勞去叫大埃亞和伊多墨紐，他自己去找奈斯陀。然後和奈斯陀一道去把奧德修和狄奧彌底喊起來。

幾位將領聚齊後，先去視察前哨，只見所有的哨兵都警惕地拿着武器。他們不但沒有打瞌睡，還目不轉睛地盯着平原那邊，不斷地窺探特洛伊人的動靜。

奈斯陀很高興，鼓勵他們道：

"孩子們，幹得好！照這樣守衛下去吧，不然的話，敵人就要把咱們消滅啦。"

於是將領們渡過壕溝，揀一塊空地坐下來。頭天傍晚，可怕的赫克托大殺一陣之後，恰恰是把全軍將兵召集到那裡去開大會的。

奈斯陀建議道：

"咱們最好派人到特洛伊人那裡去偷營，好抓個走散的敵兵。也許還可以偷聽到敵人的計劃：他們究竟是想守住這塊靠船的陣地呢，還是打了勝仗之後就打算退回到城裡去。"

狄奧彌底首先自告奮勇，但是他提出最好有個伴兒，兩個人在一起，好商量商量。

大家都爭先恐後地要跟他一道去。

阿加曼農說：

“你自個兒挑吧，千萬不要顧情面，不挑好的，偏挑壞的。也不要分高低貴賤，不一定非挑王族不可。”

狄奧彌底馬上說出了他中意的那個人的名字：

“要是讓我自己挑選的話，我怎麼能放棄奧德修？跟他在一起的話，就是踏過烈火也能夠平平安安地回來，我從來沒見過像他這樣英勇機智的人。”

奧德修說：

“你既用不着稱讚我，也不用批評我，因為聽你說話的人都了解我。咱們快走吧，天都快亮了。”

他倆向雅典娜禱告和許願後，就摸着黑，繞過屍體和血污的武器向前進發了。

特洛伊人也沒怎麼睡，赫克托把將領和軍師們召攏來，對大家說：

“有人敢到阿凱人的船邊去偵察嗎？去探聽一下他們是照常防守着陣地呢，還是已經在商量逃走？是不是累得連巡夜都沒力氣了？如果有誰願意去，我要把阿凱軍營裡那輛最好的戰車和兩匹純種戰馬獎給他。”

有個叫多隆的人首先報名，他是傳令官歐墨得的兒子，跑得特別快。

多隆說：

“如果你肯拿着這根王杖起個誓，一定把阿戲留那對好馬和那輛嵌花戰車獎給我，我就去。我做一個探子是不會辜負你的期望的。”

赫克托起了誓，多隆就出發了。

奧德修看見有人迎面而來，就招呼同伴，埋伏在路邊。等那人走過去一段路，狄奧彌底邊喊：“站住！”邊把長矛飛出

去，他故意不打中那個人，明晃晃的銅矛尖嗖的一聲擦過那人的右肩，插在地上了。那人嚇得停下步，臉色刷地變白了，上牙不住地磕打着下牙。兩個人不費吹灰之力就把他活捉了。

奧德修盤問多隆道：

“你剛才是在甚麼地方離開你們的總司令赫克托的？他的武裝配備放在哪兒？馬匹又在哪兒？特洛伊軍隊的哨兵是怎樣佈置的？其餘的人都睡在哪兒？他們計劃中的下一個步驟是甚麼？”

多隆像篩糠似的抖着膝蓋交代說：

“赫克托正在伊羅斯王的陵墓旁邊，召集他的軍事顧問開着會。我們並沒有專門放出崗哨去守營盤或是擔任警戒，那些輪值的人都不能睡覺，並且要互相吆喝着，保持警戒。盟軍沒有女人和孩子在身邊，他們把守夜的任務交給了我們，自己呼呼大睡。”

精明的奧德修聽了這話還不滿意，他接着問道：

“那些盟軍是跟特洛伊的戰士一道睡在營盤裡的呢，還是分開睡的？”

多隆把盟軍的部署一五一十地講了出來，隨後又說：

“如果你是想擄掠我們的營地，新來的特剌刻人就在盡頭紮營，最容易下手。他們的國王瑞索有高大的馬匹、用金銀裝飾起來的華麗的戰車、以及黃金的鎧甲。”

多隆把他們所要的情報通盤供出後，狄奧彌底就掄起大刀，把這個奸細的腦袋砍落在塵土裡。

他倆沒走多會兒就到了特剌刻人的營帳，特剌刻人睡得正香，那些精良的裝備整整齊齊地分作三排堆在他們身邊的地上，每個人旁邊站着兩匹馬，瑞索睡在正當中。

狄奧彌底被雅典娜鼓足了怒氣，他揮舞着利劍，左劈右砍地殺起人來了，他一連砍死了十二個將領，最後作刀下鬼的是瑞索王。

這當兒，奧德修已用皮索將那些大馬拴在一起，把牠們趕出營帳。他吹了聲口哨，通知夥伴自己已脫離險境。

狄奧彌底還打算大幹一番，雅典娜卻已在警告他，叫他快走為妙，因為別的神也許要去喊醒特洛伊人了。

狄奧彌底立刻跳上戰車，奧德修用弓代替鞭子，抽打着馬，他倆就朝着阿凱人的船舶飛奔而去。

果不出所料，阿波羅發覺雅典娜正興沖沖地服侍着狄奧彌底，就馬上降落到特洛伊大軍當中，去叫醒特剌刻人的一個將領。特洛伊人聽到消息，也都趕了來，一看這慘狀，嚇得傻了眼。

首先聽見車馬聲的是奈斯陀，他正在擔心，莫非是他們派出去的兩個人已遭難，還是特洛伊人打過來了？只見他倆趕着一群肥馬回來了。

他倆報告了戰績，就到海裡去把渾身的血水沖乾淨，這才在澡盆洗了澡，塗上橄欖油，坐下來飽餐一頓。他們也沒忘記用醇酒來為雅典娜獻祭。

11. 阿凱將領紛紛受傷

天剛蒙蒙亮，阿加曼農就大聲命令他的部隊準備戰鬥，他自己也穿上了鋥亮的銅鎧，拿起他那堅固而鋒利的銅尖矛子。銅光閃閃，一直照耀到高高的天上，雅典娜和希累就打起一個響雷，向這位邁錫尼大王回禮。

許許多多戰車沿着壕溝排列得整整齊齊，將士們擺好陣勢，一片喧鬧聲響徹清晨的天空。

特洛伊人也在平原上圍繞着赫克托等將領集合起來，在那些健將當中，手持圓盾的赫克托格外惹眼，他忽而出現在最前哨，忽而退到後衛隊裡，督促着大軍，他那身銅裝，亮得如同從宙斯那裡發出來的閃電。

這當兒，就像兩批莊稼人從一大片麥田的兩端開始收割，將小麥或大麥一把把地割倒，最後碰頭一樣，特洛伊人和阿凱人從兩邊猛撲過來，互相殘殺。

整個早晨，長矛在空中來回穿梭着，雙方都有傷亡。到了晌午，阿凱人突破了特洛伊人的陣線，阿加曼農帶頭衝進那個缺口，殺死了站在同一輛戰車上的兩個特洛伊人——比厄諾和趕車的。緊接着又幹掉了普里安的兩個兒子，伊索和安提福。這哥兒倆從前在伊得山的支脈上牧羊的時候，曾被阿戲留活捉過，後來他收下一筆贖金，把他們放了。這回他們又碰在他手裡了，阿加曼農用劍刺穿了哥哥的胸膛，回過手來，一劍砍在弟弟的耳朵邊上，把他撂下戰車去。阿加曼農一點不費力氣就殺掉了這哥兒倆，好比是一頭猛獅衝進一隻母鹿的窩裡，朝着牠那還沒斷奶的幼仔撲上去，用他那利爪只一抓，就斷送了牠們的小命，即使母鹿守在旁邊，也救不了牠們，只得飛快地跑掉。當時哥兒倆也是這樣，所有的特洛伊人只顧各自逃命，誰也不敢上前搭救。

阿加曼農接着又撲向另一輛戰車，車上的珀珊德洛和希波羅科也是哥兒倆。他們告饒說：

"阿加曼農王爺，我們的父親安提馬科很有錢，要是你活捉了我們，他一定肯付給你一大筆贖金。"

阿加曼農回答道：

"如果你們倆真是安提馬科的兒子，那麼你們就得替他的卑鄙行為抵命了。"

話音剛落，他就用銅尖矛子戳死珀珊德洛，並用劍砍下希波羅科的腦袋。

原來安提馬科由於貪圖帕里斯的黃金，凡是有人提議把赫連妮送還她的前夫，他就比誰都反對得激烈。有一次曼涅勞和奧德修被派到特洛伊來談判，安提馬科竭力主張把他們當場殺死。

這一天阿加曼農立了不少戰功，潰逃的特洛伊人好比是一片樹林，阿加曼農則像是被旋風颳着的猛火，一會兒工夫，一排排的樹統統給烈焰燒成了灰。失去主人的馬，拉着空空的戰車在戰場上轆轆地奔跑。阿加曼農那支銅頭矛子真是打到哪裡贏到哪裡，特洛伊人已經被趕回到伊利昂城牆下了。

這時宙斯出面干預了，他打發使者伊里斯到赫克托跟前去說：

"天父宙斯派我來告訴你：一旦阿加曼農被矛刺傷或是中了箭，跳上了戰車，宙斯就給你力氣去廝殺，一直殺到阿凱人的船舶跟前，殺到太陽下山，伸手不見五指為止。"

不一會兒，阿加曼農果然被長矛戳穿了手臂。雖然他不顧重傷，咬着牙把敵人打倒在地，割下了首級，但傷口辣辣作痛，他只得跳上戰車，離開了戰場。

赫克托看見時機已到，就鼓動特洛伊人向阿凱人反撲，他自己也投入了戰鬥，猶如一陣狂風從高處捲下來，在藍藍的海面上掀起巨浪似的，赫克托在猛烈的衝殺中撲滅了一大批阿凱將領和士兵。阿凱人慌了手腳，快要潰逃到船邊去了，看來只有等死了。

於是奧德修招呼狄奧彌底說：

“好朋友，到這兒來，跟我一道抵擋吧。要是讓赫克托佔領了船，多麼丟人哪。”

狄奧彌底回答道：

“我當然願意抵擋任何敵人，但是顯然宙斯已經決計讓特洛伊人勝利，而叫咱們吃敗仗了。”

就像兩頭野豬掉轉身子去向追逐牠們的獵狗反撲一樣，這兩個好漢向特洛伊人進行了反攻。他們一連殺了好幾個敵將，大敗而逃的阿凱人這才緩過氣，轉過身來和特洛伊人格鬥。

這時赫克托撲過來了，狄奧彌底掄起長矛向他擲去，打中了他的頭盔頂。赫克托戴的頭盔是阿波羅送給他的，裝着三片銅牌和一副面甲，所以沒有刺穿。赫克托跳上戰車，鑽進人叢逃走了。帕里斯卻冷不防朝狄奧彌底放了個暗箭，射中了他的腳板，箭頭兒一直插進地裡，帕里斯高興得哈哈大笑，從埋伏的地方跳出來。

狄奧彌底鎮靜地說：

“你敢拿着真刀真槍跟我面對面較量一場，才算有本事。這麼一下，你就自鳴得意了。其實你不過是給我搔了搔癢罷了。”

在這個緊急關頭，奧德修跑過來，替他的戰友拔出那根利箭。狄奧彌底只好上了戰車，讓他的侍從把車趕回船舶去了。

緊接着，手持盾牌的特洛伊部隊從四面八方衝上來，把奧德修團團圍住。奧德修把他們打得落花流水，無奈一個人對付這麼多敵人，逐漸招架不住了。有個叫索科斯的將領朝他的腰上刺了一槍，掉了一塊肉，多虧雅典娜的保護，才沒刺進肚皮裡去。奧德修知道那不是致命傷，回手就一矛把索科斯戳死了。

奧德修這才從傷口裡把索科斯的長矛拔出去，鮮血直淌。特洛伊人看見他在流血，就一齊向他進攻，奧德修只好大聲呼救。曼涅勞和大埃亞聽見他的喊聲，趕緊奔來，將他救出重圍。曼涅勞挽着奧德修，把他扶上自己的戰車，由侍從趕着走了。

這裡只剩下大埃亞了，他就像一條因冬雨而氾濫的河流，從山上猛沖下來，將大量泥沙沖進海裡那樣，在遼闊的平原上一路上進行掃蕩。

赫克托在戰場的另一翼對付奈斯陀和伊多墨紐，雙方的力量不相上下，直到帕里斯射傷了馬卡翁，戰局才開始對特洛伊人有利。伊多墨紐趕快叫奈斯陀把馬卡翁送回船去。這樣，阿凱部隊就又少了兩位得力將領。

替赫克托趕車的刻布里俄涅發覺那一翼的特洛伊人已潰不成軍，就提醒赫克托，應該趕過來對付大埃亞。赫克托一到，阿凱人的隊伍就發生了混亂，但是連他也不敢正面迎擊大埃亞，只用長矛、劍和石頭來攻擊其他敵人。

最後，還是宙斯讓大埃亞泄了氣的。他不由自主地開始後退，歐律皮羅跑過來掩護他，卻被帕里斯射傷了。歐律皮羅大聲向阿凱的將領和軍師呼救，人們就簇擁到他周圍，蹲在斜倚着的盾牌後面，拿着長矛準備戰鬥，大埃亞也走了過來，和大家擰成一股繩兒，抵抗敵軍。

戰事就像撲不滅的野火一樣越來越激烈。

這一天，阿戲留站在自己的船旁，熱心地觀看阿凱人的潰逃。他把帕特洛克勒叫了來，說：

“阿凱人已經到了危急關頭，恐怕他們終於要低聲下氣地向我求救了，我剛才看見奈斯陀趕着戰車過去了，從背後看去，車上那個受傷的人像是馬卡翁，但那兩匹馬走得太快，我沒看見他的臉。你去問問奈斯陀，他到底是誰。”

帕特洛克勒奉命到了奈斯陀的帳篷，弄清了受傷的果然是馬卡翁。奈斯陀問明了帕特洛克勒的來意，深深地歎了口氣說：

“難道阿戲留非要等到我們的船着起火來，我們的將士被打成肉醬才解恨嗎？如果他說甚麼也不肯上陣，至少請他把他那身鎧甲借給你吧。你穿上去打上一仗，特洛伊人會把你認作是他，就嚇跑了。

這樣，就會給我們的軍隊一點喘息的時間，可以扭轉戰局。特洛伊人已筋疲力竭，而你呢，卻一直在養精蓄鋭，完全有能力把他們趕回城裡去。”

奈斯陀這番話使帕特洛克勒着實感動，他撒腿就往回跑。在奧德修的帳篷那兒，他碰見了歐律皮羅，正一瘸一拐地走着。原來精通醫術的刻戎曾教給阿戲留一種治傷口的祕方，阿戲留又傳授給了帕特洛克勒。帕特洛克勒不忍心讓歐律皮羅繼續受罪，就把他攙進帳篷，用熱水洗淨傷口，替他敷上一層烈性草藥，血和疼痛這才止住，傷口便逐漸癒合了。

12. 赫克托衝進壁壘

帕特洛克勒在帳篷裡給歐律皮羅治傷的時候，赫克托正催促將領士兵們趕着戰車越過阿凱人的壕溝，但是跑到溝沿上的時候，他自己的兩匹快馬卻突然停住了。牠們看到壕溝那麼寬，不禁尖聲嘶叫，兩岸陡直，還豎着成排的尖頭木樁，馬匹怎麼可能拖着戰車跳過去呢？

波呂達馬見了這種情景就跑到赫克托跟前去獻計，在場的還有特洛伊和盟軍的其他將領們。他說：

"壕溝後邊緊接着阿凱人的壁壘，即使連車帶馬能夠越過去，在那一小條地面上也要吃虧。萬一阿凱人從船舶那邊朝咱們反撲過來，咱們陷進溝裡就無法脱身了。不如讓侍從帶着車馬待在溝邊上，咱們全副武裝一齊跟在赫克托後面衝過去。"

赫克托贊成這個戰術，就全身披掛地跳下戰車。其他所有的特洛伊人也都學他的樣兒，大家編成五支隊伍，跟在他後面。

只有阿西俄王子沒有服從，他看見壁壘的左翼有一道門虛掩着，連門都沒插。原來那是阿凱人給敗下陣來的士兵留的後路，以便他們從那兒逃回船去。

這些傻瓜以為他們可以衝到船邊，阿凱人阻擋不住他們，他們完全打錯了算盤。守門的兩位阿凱健將波呂波特和勒昂透立即予以迎擊。站在壁壘上的一批戰友也往下扔石頭，以便保護他們倆和全軍的營帳、船舶。特洛伊人也朝他們扔石頭，於是雙方拋出去的石頭就像鵝毛大雪一樣漫天飛舞，打在頭盔和盾牌上砰砰亂響。

阿西俄絕望地大聲抱怨宙斯不肯幫助他，但宙斯裝作沒聽見他的牢騷，因為宙斯打定主意要使赫克托獲得榮譽。

赫克托雄赳赳地向前挺進，他的部下大聲喧嚷着跟在後面，宙斯從伊得山上往船舶那面颳下一陣狂風，揚起的灰塵把阿凱人的眼睛都弄迷糊了。特洛伊人認為這是老天在支持他們，就猛烈攻打阿凱人的壁壘。

然而，要不是宙斯激發他的兒子薩爾珀冬像獅子撲牛似的撲向阿凱人，赫克托和他手下的特洛伊戰士也還是攻不破壁壘的門。力大無比的薩爾珀冬用手拖垮了一處城垛，跳上了壁壘。阿凱將領透刻洛立即朝他射了一箭，射中了他的肩帶，但在宙斯的保護下，他並沒受重傷。大埃亞又向他一槍刺來，刺在他的盾牌上。這一槍也沒刺穿，但他腳下吃不住勁兒，差點兒滾落下去。

薩爾珀冬一呼籲，他手下的士兵紛紛跳上壁壘援助他，但他們無法衝破壁壘，打開一條路，進逼到船舶跟前。另一方面，阿凱人也沒有力量擊退已經在壁壘上站住腳的敵軍。直到宙斯讓赫克托第一個衝進阿凱人的壁壘，這場戰鬥才分出勝負。

這時，赫克托聲如洪鐘地喊道：

"前進啊，打下壁壘，把船燒掉！"

士兵們個個都聽見了他的呼聲，他們一齊向壁壘進攻。

赫克托撿起一塊上尖下圓的巨石，抱着往前跑。那塊岩石重得非得兩個大力士才能勉強抬起來，放在車上。但宙斯使他感覺不到巨石的分量，他一點不費力地就把它舉了起來，對準壁壘的門一扔，巨石剛好撞在門的中心，只聽轟隆一聲，把門板擊碎了，門閂也折斷了。

勝利的赫克托一個箭步跳進裡面，手裡拿着雙矛，身上的銅鎧閃出一道兇光。於是他眼睛冒着怒火，號召大家前進，他的部下立刻響應了，有的翻過壁壘，有的從門口往裡衝。阿凱人招架不住，爭先恐後地往船裡逃，登時亂成一片。

13. 船邊的激烈戰鬥

宙斯把赫克托和特洛伊人送到船邊以後，就去忙旁的事去了，他再也沒想到，除了他以外，現在還會有哪一位神會去幫助任何一方。

波塞頓卻早已從海裡上來了，正坐在鬱鬱蔥蔥的薩摩特剌刻山頂上，密切注意戰局。無論是伊利昂城、阿凱人的船舶還是伊得山，從這裡都可以看得一清二楚。他同情節節敗退的阿凱人，也生宙斯的氣。

波塞頓站起來，大搖大擺地走下山。山嶺和森林都在他腳下震撼起來，他跨了四步就到了埃該，那兒，他那著名的黃金造的宮殿就坐落在鹽湖裡。

他把兩匹青銅蹄子的快馬駕上戰車，穿上黃金鎧甲，拿起金鞭，登上戰車，乘風破浪地前去。大海給他開出一條路來，一直到了阿凱人的船舶，也沒沾濕車身底下的青銅橫軸。

他搖身一變，變成卡爾卡斯，走到兩位埃亞身邊來説：

"赫克托正率領先鋒軍，像一股怒火似的向這邊衝來。你們二位應該牢牢守住這塊陣地，並且把其他人也召集到這裡，將他擊退。"

説着，地震神就用手杖碰碰他們，他們頓時感到身上充滿了勇氣。隨後波塞頓的蹤影就消失了，迅速得就像一隻老鷹，從一塊高高的岩石上撲扇着翅膀，去追擊弱小的鳥雀。

小埃亞首先認出了那是一位神，他對大埃亞説：

"剛才給咱們打氣的哪裡是預言家卡爾卡斯，他是奧侖波山的神，他臨走的時候，我從他的腳後跟和膝蓋那兒就認出他來了。認出一位神，並不難，而且我的心情也起了變化，恨不得馬上就去打一仗。"

大埃亞説，他的感覺也完全一樣。

地震神跑到阿凱大軍裡去，輕而易舉地就使人們重新振作起來。兩位埃亞帶頭佈起了陣勢，大家築成一堵堅固的人牆，頭盔挨着頭盔，盾牌靠着盾牌，雄心勃勃地等着迎擊赫克托王子和特洛伊人。

特洛伊大軍擁過來了，打頭陣的是赫克托。他們原以為可以像進入自己家的院子般地從阿凱人的帳篷和船舶旁邊走過，一直殺到海岸去。但是他們碰上了這堵牢不可破的人牆，只好邊打邊後退。

波塞頓有個孫子叫安菲馬科，被赫克托投來的一支閃亮的長矛戳死了。波塞頓見了，心裡非常悲痛，就繼續去鼓動伊多墨紐和其他阿凱人。

宙斯是有意讓赫克托這些特洛伊人暫時獲得勝利的，目的是讓阿凱人吃夠苦頭，然後再派阿戲留出來參戰，轉敗為勝，這樣就可以抬高阿戲留的身價，但是宙斯絕不是要阿凱人全軍覆沒。

波塞頓呢，雖然悄悄地溜出大海，為阿凱人撐腰，但也絕不敢公然幫助阿凱人。他只是根據不同的對象，一會兒變成這個人，一會兒變成那個人，到處鼓舞士氣。

伊多墨紐已經不年輕了，但他大聲吶喊着，率領部隊投入戰鬥，他投過一支鋒利的長矛，把俄特律俄紐刺死了。俄特律俄紐是個盟軍領袖，他是從卡柏索來參加這場戰爭的。他一死，特洛伊人恐慌得不得了。

俄特律俄紐參戰的主要目的是娶普里安王最美麗的女兒卡珊德拉。老王曾答應，只要他能把阿凱人趕出特洛伊的海洋去，就把女兒許配給他。

伊多墨紐和他的部下給特洛伊部隊造成大量傷亡，曼涅勞也立了不少功勳，他踩着被他砍死的人的胸口，一面剝下屍體的鎧甲，一面誇起勝利來："你們這些狗，你們劫走了我的妻子，把她連同我的一半財富用船裝走了。現在你們還不知足，想燒我們的船，把我們統統殺光，這是天理所不容的！"

這樣，阿凱人在船舶左側已經快佔上風了，赫克托卻一點也不知道。這時他正在攻打右側的阿凱人，打得很吃力。兩位埃亞和其他許許多多猛將在前面廝殺，陣後還有羅克洛人在射箭。

羅克洛人沒有頭鎧，盾牌和長矛，所以從來都不敢去作肉搏戰，他們只帶着弓箭和投石器就參加了遠征軍。過去，特洛伊部隊已好幾次被他們射來的箭和投來的石頭打得狼狽不堪。這一天，特洛伊人也一個接一個地中箭倒下，簡直沒有心情打下去了。

特洛伊人眼看就要吃敗仗，被迫退回到伊利昂城去了。波呂達馬及時跑到赫克托跟前去，給他出點子。波呂達馬說：

“我們的部隊已經攻下了壁壘，但是由於缺乏統一的指揮，有的士兵在閒蕩，有的打到哪兒算哪兒。你最好抽出身去，把勇士們召集在一起，商量一下：究竟是衝過去，放火燒他們的船呢？還是趁着沒有打敗的時候撤退？

別忘了，他們當中最好戰的大將阿戲留還沒出馬哪，我相信他不會永遠揣着手閒在那裡的。”

赫克托接受了波呂達馬的建議，就把幾個能幹的將領留在船邊，和波呂達馬一道作戰，他自己則跑去召集人。

一路上，特洛伊士兵和盟軍聽見赫克托的號召，急忙跑到波呂達馬周圍去集合。赫克托沿着前線走過去，到了特洛伊人傷亡最慘重的左翼，看見了帕里斯。帕里斯正在激勵士兵們去打仗，赫克托卻以為他在偷懶，胡亂把他罵了一頓。

帕里斯說：“今天我可沒有逃避戰鬥，你錯怪了好人。”

接着，帕里斯把當天的戰鬥情況詳細說了一遍。赫克托這才知道，他要找的將領大部分都陣亡了，個別倖存的也受了傷，已經撤退了。

帕里斯平了哥哥的氣，他們就投入激烈的戰鬥中去。頭一天的早晨才從阿斯卡尼亞開來的一支盟軍，正在勇敢地抵抗阿凱人。赫克托打頭陣，率領特洛伊士兵一次次地大舉進攻，想把阿凱人的陣營衝開，但是阿凱人一步也不退讓。

大埃亞走出陣來向赫克托挑戰了。他說：“我們要佔領和洗劫你們的城市，不會讓你們毀滅了這些船舶！”

赫克托說：“你要是敢抵抗，你就得死在我手下！”

他的話音剛落，雙方的軍隊就發出了震耳欲聾的廝殺聲。

14. 宙斯中希累之計

喊殺的聲音很大，驚動了正在帳篷裡喝酒的奈斯陀。他走出去一看，阿凱人的壁壘已坍倒了一部分，全軍人馬正在拚命逃跑。

奈斯陀立刻去找總司令阿加曼農，在路上，他遇見了那幾位受傷的王爺們：狄奧彌底、奧德修和阿加曼農，他們剛從各自的船上走下來。

為了節省地方，遠征軍的船是一行行排列起來的，最早拖上岸的船，離大海最近。壁壘是沿着離海最遠的船舶修築的，所以這幾位王爺的船都停在最挨近海邊的地方，而離現在的戰場最遠。

阿加曼農聽奈斯陀說壁壘已經陷落，就沮喪地說：

"宙斯把特洛伊人抬舉得像神一樣高，弄得我們一點辦法也沒有。看來只有把船拖下水去，趁着黑夜逃難了。"

奧德修滿面怒容地駁斥他道：

"你這話荒唐透了。你只配指揮一幫膽小鬼，沒資格做全軍的主帥。在這樣的激戰當中，要是把船拖下水去，我們的士兵還會有心打下去嗎？這麼一來，特洛伊人豈不是會把我們消滅光？"

阿加曼農說：

"罵得好厲害，奧德修！可是，我只得承認你說得對。那麼，誰有更好的辦法呢？"

狄奧彌底發表意見道：

"咱們雖然受了傷，不能親自參加戰鬥，但還是應該到戰場上去，督促別人奮勇殺敵。"

大家認為他說得有理，就接受了。於是阿加曼農領着他們一齊出發。

地震神將這一切都看在眼裡。他變成一個老頭兒，跟在他們後面走，拉住阿加曼農的手，像個熟人似的跟他說起話來：

“你不要認為神對你只懷着惡意，早晚有一天，特洛伊的將領們和軍師們會撇下你們的船舶和帳篷，逃回自己的城去。”

波塞頓說完了話，就喊叫着奔過平原，聲音大得宛如一萬個戰士在齊聲吶喊。這樣一來，戰場上的每個阿凱人都精神抖擻地跟敵人對抗起來。

這當兒，希累從奧侖波山巔上觀看着。她注意到波塞頓正在為阿凱人出力，就覺得很高興。她又看見宙斯獨自坐在伊得山頂上，於是不免生起氣來。她琢磨着：有沒有辦法讓宙斯睡個覺呢？這樣，就可以給阿凱人一點喘息的時間了。

她終於想出一條好計策，她從奧侖波山巔上急忙降落下來，渡過波濤滾滾的茫茫大海，到了托阿斯王的城市楞諾斯，在那裡找到了睡眠神。那是死神的兄弟。她拉住睡眠神的手說：

“過一會兒我去找宙斯，我一到他跟前，你就讓他進入夢鄉，那麼我就送給你一把金椅子。”

睡眠神怕惹宙斯生氣，不肯這麼做。希累又答應把年輕的美慧女神帕西厄特給他作妻子，他才同意照辦。

宙斯入睡後，睡眠神就來找地震神說：

“趁着宙斯睡大覺，你可以盡情地幫阿凱人一把，讓他們佔上風吧。”

地震神波塞頓就到前線上去，對阿凱人說：

“只因為阿戲留坐在船邊鬧意氣，赫克托才敢誇口說要消滅咱們的艦隊。不過，只要咱們這些人振作起來並肩作戰，就用不着老指望阿戲留上陣了，我要親自指揮你們打仗。”

大家聽了波塞頓的話，鼓起了士氣，奧德修和阿加曼農吩咐部下交換裝備。他們叫最勇敢的士兵穿上最好的鎧甲，把較次的武器交給較差的士兵。地震神波塞頓拿着閃電般明晃晃的長劍，率領全軍。

在赫克托的命令下，特洛伊人也擺好了陣勢。於是兩軍之間發生了激烈的戰鬥，就連海嘯或野火燒林的聲音都沒有特洛伊人和阿凱人廝殺時發出的吶喊那麼可怕。

赫克托朝大埃亞投了一矛，剛好投在他胸前兩條肩帶交叉的地方，一條是掛盾牌的，一條是掛劍的，這兩條帶子保住了他的皮肉。

赫克托心想，連這麼有力的一矛都投了個空，他又惱又怕，只得撤退。但大埃亞早已舉起一塊大石頭，使勁朝赫克托扔過去。好傢伙，一下子打在赫克托的脖子底下，他就像個陀螺似的，滿地亂滾。

阿凱的戰士們邊向赫克托衝過去，邊投去一陣長矛。但赫克托手下的將領們早已把他團團圍住，抬出戰場，送到河邊去，他們把他放在地上，往他臉上灑水，他甦醒過來，睜開兩眼，大口大口吐出黑血。

赫克托撤退後，阿凱人把特洛伊人打得一敗塗地，殺敵殺得最多的是小埃亞，他的力氣不如大埃亞，但他有雙飛毛腿，就數他追逐敵人的本事大。

15. 阿凱人的困鬥

特洛伊人在阿凱人手下吃了敗仗，重新越過壕溝和木樁，一直逃上戰車跟前，才停下來喘口氣。

就在這時候，宙斯醒過來了。他低下頭去察看戰局，只見波塞頓正在幫助阿凱人追逐特洛伊人，赫克托躺在地上，呼吸困難，不斷地吐血。夥伴們焦灼地守在他的周圍。

宙斯對希累大發脾氣，説一定是希累施了詭計，才會出現這樣的局面。希累辯解説：

“我並沒有慫恿波塞頓去害特洛伊人。他準是看見阿凱人在船邊給打得那麼狼狽，才主動去幫助他們擊退敵人的。你不信，我馬上去罵他一頓，把他趕出戰場。”

宙斯露出笑容，改用比較溫和的語氣説：

“你馬上去找伊里斯和阿波羅，叫他們到我這裡來。我要派伊里斯去命令波塞頓退出戰場，回自己家去。另一方面，我叫阿波羅去鼓舞赫克托大幹一場。

這樣一來，阿凱人就會敗給赫克托，逃到阿戲留的船旁邊。阿戲留還是不肯參加戰鬥，只把自己的鎧甲借給帕特洛克勒。帕物洛克勒勇敢地殺掉一批特洛伊將士，結果卻死在赫克托的矛下。阿戲留這才出馬，殺掉赫克托，替朋友報仇雪恨。

最後，阿凱人靠雅典娜的巧計，會佔領整座伊利昂城。”

於是，希累就去把伊里斯和阿波羅叫了來，聽候宙斯差遣。伊里斯將宙斯的命令轉告波塞頓後，波塞頓説：

“我和宙斯、哈得斯是哥兒們，都是克洛諾斯和瑞亞生的，當初我們曾抓鬮決定誰管甚麼領域。宙斯是老大，分到天空，我是老二，分到大海，老三哈得斯分到地獄。大地和奧侖波山則是大家公有的，因此，我不會讓宙斯來擺佈我。”

伊里斯勸波塞頓好好考慮一下，因為違抗宙斯的命令是會有嚴重後果的。最後，波塞頓只好含恨離開阿凱人的軍隊，回到大海裡去了。

阿波羅同樣不敢不服從宙斯，他以老鷹撲鴿子的速度，飛快地來到赫克托跟前。王子已不再喘息，坐了起來，原來自從宙斯打定主意要他復元的那一剎那起，他就不再吐血和出虛汗了。

阿波羅問他道：

“你為甚麼離開部隊，這麼垂頭喪氣地坐着？”

赫克托用虛弱的聲音回答說：

“我被大埃亞的石頭打得一點力氣也沒有，恐怕活不長了。

阿波羅說：

“我是射神，宙斯過去也派我來救過你和你們的城池。起來指揮戰鬥吧，我給你們打先鋒。”

阿波羅這麼一說，赫克托立刻恢復了精力，跑去率領部隊作戰了。

阿凱大軍本來是逐漸向前推進的，但是自從阿波羅和赫克托參戰後，形勢就完全改變了。

阿波羅在前邊開路，一腳踢翻壕溝的堤岸，在溝心填起一條寬寬的路，特洛伊人的戰車就沿着這條路趕到壁壘腳下。阿凱大軍築成的人牆，也像是小孩子在海灘上用沙子堆起的牆一樣，一下子就垮了。

阿凱人重新退回到船邊，站下來向天上的神大聲禱告。

奈斯陀禱告得最虔誠，但是宙斯聽了，只是轟隆隆地打了個響雷。

特洛伊人聽見這聲響雷，就大吼着，連人帶馬衝到船邊，和阿凱人肉搏起來了。特洛伊人站在戰車上，揮着雙刃長矛進攻。阿凱人爬上黑皮船的後艄，甩着鑲銅尖的大竿子，拚命抵抗。大竿子是他們放在船上，準備打海仗的時候用的。

大埃亞聲嘶力竭地嚷着，給部下打氣：

“絕不能讓赫克托燒掉咱們的船！記住你們的責任，要想活着回去，就得保住這些船！”

赫克托終於雙手攀住一條船的後艄。他大聲喊道：

“拿火把來！燒掉它！”

大埃亞站在甲板上。每逢有個人受赫克托的指使點着火把來到船邊的時候，大埃亞就用手裡那根尖頭長竿猛烈地戳他。一連十二個人都被他戳傷了，而那鋒利的武器，一直牢牢地攥在他手裡。

16. 帕特洛克勒陣亡

當雙方部隊在船舶周圍展開肉搏戰的時候，帕特洛克勒臉上淌着熱淚，走到阿戲留那兒。阿戲留問他為甚麼這麼傷心。帕特洛克勒深深地歎了口氣說：

“咱們的軍隊要遭殃了，請你把你自己的鎧甲借給我穿一下，好讓特洛伊人把我當成你，嚇跑了，咱們的士兵可以歇口氣。我們一定可以扭轉戰局，把特洛伊人趕回城裡去。”

阿戲留說：

“好吧，我同意你穿上我那套鎧甲，率領我的部隊上戰場。但是，等你把特洛伊人從船旁趕開後，就得馬上回到我這兒來。不然的話，阿波羅會出面阻攔你的。”

話音未落，只見那邊的船上起了火。原來赫克托把大埃亞的長竿砍斷了，銅尖飛得遠遠的，咣啷一聲落在地上。大埃亞失掉武器，只好後退。特洛伊人就將他們的火把投進船裡，熊熊的火焰開始吞噬那艘船。

阿戲留趕緊催帕特洛克勒把他那套閃閃發光的銅裝披掛起來，那套鎧甲是天上的神送給阿戲留父親辟留的，辟留又傳給了兒子。它結實極了，永遠也穿不壞。帕特洛克勒還挎上阿戲留那柄銅劍和又大又厚的盾牌以及兩支堅固的長矛，只留下一支樺木桿長矛沒有借給帕特洛克勒，因為除了他以外，誰也舞不動它。

帕特洛克勒挑選了奧托墨頓替他趕車，奧托墨頓將阿戲留的兩匹天馬克姍圖和巴利烏套在戰車上。阿戲留召集部下，讓他們武裝起來。

帕特洛克勒率領部隊撲向特洛伊人，一片喊殺的聲音響徹雲霄。特洛伊人一看見阿戲留的銅鎧甲和戰車，軍心就動搖了，他們以為阿戲留一定已經和阿加曼農講和了。

帕特洛克勒看見一大群特洛伊人圍在着火的船舶後艄看熱鬧，就嗖地投過一支明晃晃的矛，把他們的頭領殺死了，特洛伊士兵嚇得扭頭就跑。帕特洛克勒緊接着就領着大家把火焰撲滅了。然後，阿凱人吶喊着追殺那些四散奔逃的敵人。

大埃亞一心一意只想向渾身銅裝的赫克托投一矛，赫克托卻躲在牛皮盾牌後面，無論是呼嘯的箭還是飛來的矛，都傷不着他，他知道敵人有了生力軍，已轉敗為勝，但他堅決留在戰場上。

像洶湧的波濤一樣往後退的特洛伊部隊卻把赫克托的戰車也拖走了，有許多對快馬陷進壕溝裡去了，牠們掙脱車轅，沒命地往城裡跑，把主人連同戰車一道撇在後面。

帕特洛克勒向阿戲留借的兩匹天馬是神送給辟留王的，牠們向前一縱身，就跳過了壕溝。帕特洛克勒把最近的幾隊敵兵阻攔住了，逼得他們重新向船舶方面逃回去，他毫不留情地猛殺一氣，替阿凱的陣亡者報仇。

薩爾珀冬看見手下的呂喀亞人紛紛被帕特洛克勒殺死，就去迎擊他，雙方都大吼一聲，相互撲了過去。

宙斯見了這種情景，對希累説：

“我的愛兒薩爾珀冬注定要戰死在帕特洛克勒的矛下了，我拿不定主意究竟是把他活着帶出戰場，送回呂喀亞去好呢，還是讓他今天就被帕特洛克勒殺死。”

天后希累回答説：

“有好幾個特洛伊戰士都是神的孩子，如果你把薩爾珀冬活着送回家，那麼你怎麼能防止其他神也跟你學，個個都把自己的兒子救出戰場呢？”

宙斯接受了希累的意見，就不去插手了。

帕特洛克勒投出一槍，恰好扎進薩爾珀冬的胸口，於是宙斯的這個兒子就嚥了氣。

薩爾珀冬是盟軍裡最英勇的大將，赫克托和所有的特洛伊人聽見他陣亡的消息，都很悲痛。阿凱人剝下了薩爾珀冬身上的鎧甲，宙斯卻吩咐阿波羅把薩爾珀冬的屍體帶到溪水裡洗乾淨，用一件永遠不壞的袍子裹好，然後交給睡眠神和他的孿生兄弟死神，送到呂喀亞國去了。

這當兒，帕特洛克勒早已把阿戲留的忠告拋在腦後，他乘勝直追，一直追到伊利昂城牆腳下。要不是阿波羅站在城牆上幫助特洛伊人，帕特洛克勒早就把這座堅固的城攻下了。帕特洛克勒三次攻上那堵高大的牆，三次都被阿波羅推下去。等到他第四次又像個惡魔般地攻上去，那位神就喝住了他：

"回去！不但是你，連比你強大得多的阿戲留都不配佔領這座城呢！"

帕特洛克勒只得怏怏地退回去。

赫克托正站在斯開亞門前，猶豫着是衝過去打仗呢，還是命令所有的部下都退進城去。阿波羅搖身一變，變成赫克托的舅舅阿西俄，對赫克托說：

"赫克托，你為甚麼要停止戰鬥？你快去追擊帕特洛克勒吧！如果阿波羅保佑你，你還追得上他。"

於是，赫克托馬上命令趕車的加鞭策馬，率領部下投入戰鬥。

阿波羅雖然混在人群裡搞亂了阿凱人的陣勢，帕特洛克勒卻像戰神一樣大聲吼着衝鋒三次，每次都殺死九個特洛伊人。第四次衝上去的時候，阿波羅親自迎擊他了，他裹在一團濃霧裡，所以帕特洛克勒是看不見他的。阿波羅一拳就把帕特洛克勒戴着的阿戲留的頭盔打落在塵埃裡，同時他手裡的長矛也粉碎了，盾牌則和肩帶一道滑落下去。帕特洛克勒被這一拳擊得眼冒金星，腿也軟了。

這當兒，有個叫歐福爾玻的特洛伊人抽空子刺傷了他的後背，歐福爾玻絕不敢面對面跟他決鬥，他趕緊把長矛拔出去，就悄悄溜掉了。帕特洛克勒挨了神的一拳，又這麼被刺了一矛，只好忍着劇痛退出戰場，不巧給赫克托撞上了。

赫克托穿過隊伍走到帕特洛克勒面前，朝着他的小肚子就是一矛，鋭利的銅尖一直穿到腰後，帕特洛克勒砰地倒下了，阿凱人個個都驚慌失措。

赫克托以征服者的身份向帕特洛克勒誇耀自己的勝利。帕特洛克勒用微弱的聲音説：

“如果是你赫克托來跟我交手，哪怕來二十個也倒在我的長矛下了。勝利固然屬於你，那卻是宙斯和阿波羅送給你的，殺死我的不是你，而是阿波羅。緊接着，又來了歐福爾玻。你是第三個對我下手的。你也沒有幾天好活了，你很快就要死在阿戲留手下。”

説到這裡，帕特洛克勒的靈魂就脱離了軀殼，飛向哈得斯的地獄之宮。赫克托隨後又去追逐奧托墨冬，但那兩匹天馬早把他帶出了險境。

17. 爭奪屍體的激戰

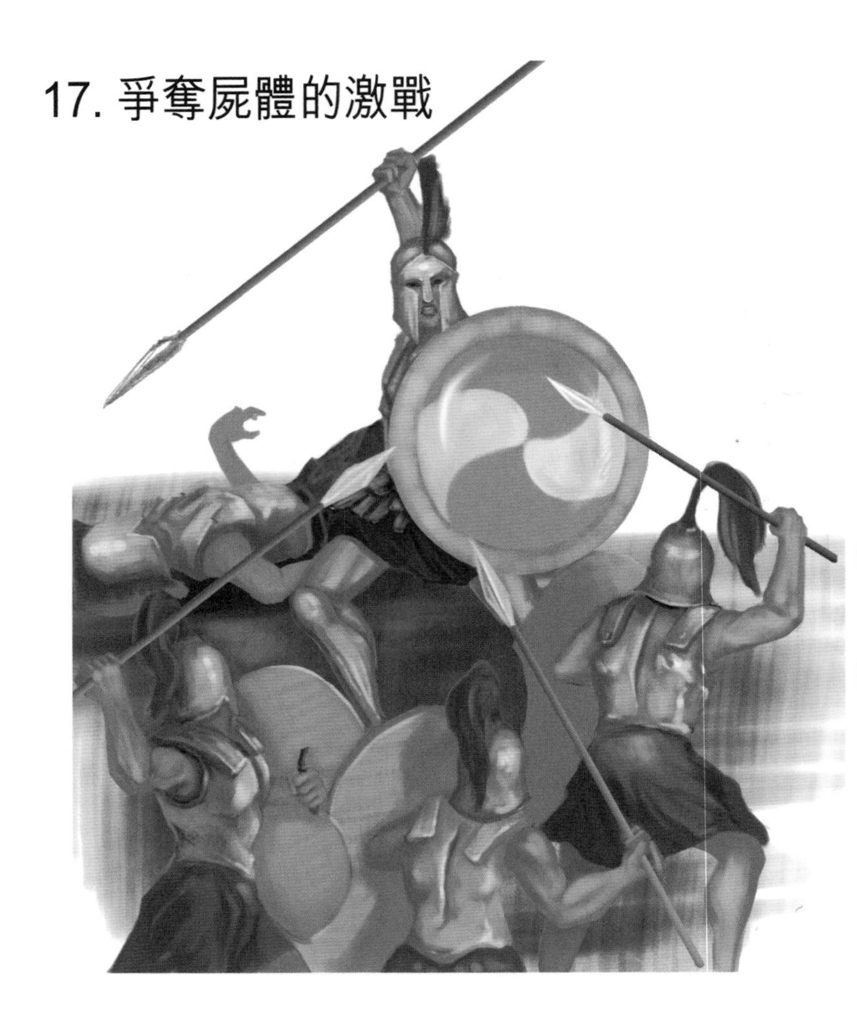

曼涅勞很快就發覺帕特洛克勒被特洛伊人打死了，他急忙跑過去跨在帕特洛克勒的屍體上，就像母牛對待小牛犢子一樣。他用長矛和圓盾掩護着這具屍體，誰走上來，他就準備殺誰。

歐福爾玻走過來說：

"我是特洛伊人和他們的盟軍裡面頭一個拿矛刺中帕特洛克勒的，請你走開，把這死人和他那血跡斑斑的武裝留給我。"

曼涅勞警告歐福爾玻要識相一點，否則就會後悔不及的。

歐福爾玻不但不聽，還朝曼涅勞投了一矛，打在曼涅勞的圓盾上，但是那銅頭對堅硬的盾牌彈回來了。

於是曼涅勞一邊向宙斯禱告，一邊揮舞他的矛。他趁歐福爾玻倒退的當兒，一矛刺中他的咽喉，並且握住矛柄，把全身的重量都壓下去。那矛尖一直穿透歐福爾玻的咽喉，鮮血把他那緞子一般柔軟的頭髮都染紅了。

曼涅勞要剝歐福爾玻身上的鎧甲，但是阿波羅捨不得那套考究的鎧甲落在曼涅勞手裡，就去找赫克托。阿波羅搖身一變，變成一名叫做門特斯的將領，走到赫克托跟前來說：

"你為甚麼要追阿戲留的馬匹呢？阿戲留的母親是女神，除了他以外，別人是很難駕馭他那雙天馬的。瞧，你剛一走開，歐福爾玻就被曼涅勞打死了。"

赫克托回頭一看，可不是嘛，歐福爾玻直挺挺地躺在血泊裡，曼涅勞正在起勁地剝他的武裝。赫克托就率領着特洛伊人朝曼涅勞衝過去了。

曼涅勞一個人抵抗不了這麼一大批敵人，只好丟下屍體，跑回去找大埃亞。他說：

"帕特洛克勒被打死了，這會兒赫克托正剝他的武裝哪。但是咱們趕去，跟特洛伊人打一仗，至少還可以把帕特洛克勒的屍體搶到手，送回給阿戲留。"

大埃亞被這番央求所感動，就跟曼涅勞一道衝了過來。

這裡，赫克托已把帕特洛克勒身上那套阿戲留的鎧甲剝下來，派人送進城去。他正掄起快劍要砍帕特洛克勒的腦袋，只見大埃亞拿着他那堡壘般的盾牌趕過來。赫克托偷偷地溜掉了，重新混進他的隊伍，並且跳上了他的戰車。大埃亞用他的盾牌把帕特洛克勒的屍體掩護起來，和曼涅勞一道準備迎擊敵人。

呂喀亞部隊的將領格勞科不知道薩爾珀冬的屍體已被阿波羅送回呂喀亞王國去了，他們以為那具屍體已落入阿凱人手裡。他責備赫克托太膽小，不敢迎擊大埃亞，丟下帕特洛克勒的屍體就跑了。假若他們把帕特洛克勒的屍體送到伊利昂去，本來是可以用來換回歐福爾玻的屍體和鎧甲的。

赫克托聽罷，決定重新投入戰鬥，他趕了一段路，從那個送鎧甲的人手裡取回阿戲留的鎧甲，穿在自己身上，出現在全軍的陣前，喊道：

"衝啊！去拚個你死我活！誰要是能打退大埃亞，把帕特洛克勒的屍體拖進特洛伊人的陣地，我就把戰利品分給他一半。"

大埃亞看見赫克托率領大軍像滾滾黑雲一樣朝他們撲將上來，就叫曼涅勞大聲求救兵。小埃亞、伊多墨涅以及他的侍從墨里俄涅等人，聽到他的聲音都擁了來。

在阿凱人當中，論英俊、論勇敢，大埃亞都僅次於阿戲留。特洛伊人一度把帕特洛克勒的屍體搶到手，大埃亞衝進他們的隊伍，又把屍體奪回來了。他叫阿凱人用盾和長矛構成一道籬笆，把屍體嚴嚴實實地圍住。誰也不許從屍體旁退卻，也不許離開那個圈子，到旁的地方去戰鬥。

大埃亞這種戰術的結果是：大地被鮮血染成紫紅色，雙方的戰士成群地倒下來，堆在一起。爭奪屍體的那一部分戰場，一直被濃霧籠罩着，戰鬥起來格外困難。

宙斯這時變了心，叫雅典娜去給阿凱人打氣。雅典娜搖身一變，變成福尼克的模樣，叫曼涅勞好好守住帕特洛克勒的屍體，絕不能讓敵人搶了去。

曼涅勞大聲說：

"我但願雅典娜肯給我點力氣，幫助我擋開矛箭。我當然樂意為帕特洛克勒而戰鬥，怎奈宙斯偏袒赫克托，想叫他取勝。"

雅典娜聽見曼涅勞在向她禱告，就高興了。她給曼涅勞的每個毛孔都鼓足了勇氣，他就站在帕特洛克勒的屍體旁邊，投起他那鋒利的長矛來了。

但是宙斯沒有準性子，他又忽然打了個閃電，接着就是雷聲隆隆，使阿凱人慌作一團。特洛伊人隨即取得了勝利。

大埃亞知道宙斯在親自幫助特洛伊人，他馬上派人送信給阿戲留，告訴阿戲留，帕特洛克勒已被殺，但是人和馬都迷失在濃霧裡了。他哀求道：

"啊，天父宙斯，請你可憐可憐我們，把我們從霧裡救出來吧。要是你非要我們的命不可，也請在陽光下殺我們。"

宙斯被他這番哭哭啼啼的抗議所感動，就撥開濃霧，讓陽光照在他們身上。大埃亞叫曼涅勞去找奈斯陀的兒子安提洛科，讓安提洛科去給阿戲留送信。

安提洛科遠遠地在戰陣的左翼打仗。曼涅勞對他說：

"帕特洛克勒已經被殺死了，你能不能趕快跑去告訴阿戲留一聲，請他馬上來把屍體運回去？"

安提洛科聽了這個不幸的消息，不由得震驚，眼淚撲簌簌地落下來，話在喉嚨裡梗塞住了。他是一路哭着去送信的。

曼涅勞急急忙忙跑回去對兩個埃亞說：

"無論阿戲留怎樣生赫克托的氣，沒有鎧甲和武器，他也不可能馬上趕來跟特洛伊人打仗。咱們不能依賴他。看看能不能一邊抵抗敵人，一邊把屍首抬回去。"

大埃亞回答道：

"你說得很對。你和曼涅勞把屍首抬走吧，我們兩個留在這裡抵擋敵人。"

於是兩個人把帕特洛克勒的屍體從地上抬起來，舉在頭頂上，往船舶的方向走去。特洛伊士兵掄着劍和矛追趕了一陣。但是兩個埃亞攔住了他們的去路，打得他們四下亂竄，於是，再也沒有人敢上去搶那具屍首了。

小專題

麻煩透頂的希臘諸神

中國和希臘都有很多神話故事，兩國的神卻大相徑庭。中國古代神話記載中最早出現的神大多長相怪異，或"豹尾虎齒"(西王母）、或人首蛇身(伏羲、女媧）；而從後世流傳的夸父逐日、女媧補天、精衛填海、鯀禹治水等神話故事，不難看出中國的神大多有崇高的神性。在希臘可不一樣，神不僅長得與凡人無二，而且人味十足，特別喜歡往人堆裡紮，時不時捉弄一下人類或給人間製造點麻煩。

譬如，一位女神，就因為沒有被人家請去吃喜酒，就耿耿於懷，不懷好意地扔下一個金蘋果，說是送給最美麗的人，然後幸災樂禍地等魚上鈎。果然，神山上的眾女神聞風而動，天后、智慧女神、愛情女神為爭奪最美女人的頭銜，吵得面紅耳赤，不可開交。神首領宙斯不但不從中調停，反而別有用心地讓一個牧羊人來作裁判，使凡人捲入了神的賭局，最終引發特洛伊戰爭。隨即不甘寂寞的諸神又投入戰爭的遊戲，分幫別派，從天上打到地上，神與神、神與人都大打出手，好不熱鬧。宙斯甚至叫手下的神故意挑起事端，製造糾紛，讓戰爭打個沒完。

希臘天神不但喜歡左右人類，神族內部關係也錯綜複雜。從最早的神族開始便存在混亂的血緣關係，母子、父女、兄妹之間互相婚嫁屢見不鮮。宙斯就先後與他的兩位姐姐結合生子，最終娶姐姐希累為妻。同時，宙斯還是個花心大蘿蔔，到處拈花惹草，不時溜下山來和人間的美女偷情，在天上人間留下了多得數不清的風流賬和無數私生子。天后希累也不是婦德楷模，她生性善妒，用盡各種手段打擊丈夫的情婦和他的私生子，比如她曾經將宙斯的一位情婦和她的兒子變成熊。

這就是希臘的神，他們具有超人的神力和智慧，可以得到永生，卻不是道德楷模，從不宣傳道德，他們的行為也常常不受道德規範的約束，任性，愛享樂，虛榮心、嫉妒心和復仇心都很強，好爭權奪利，從這個意義上來説，神是不死的“凡人”。希臘神話這種神人同形同性的特質，表現出濃鬱的人本主義色彩，成為後來整個西方文明的重要奠基石。

維納斯的誕生

羅馬神話直接吸收了希臘神話內容，不過神名有別。羅馬神話裡的維納斯就是希臘愛神阿芙洛狄蒂。希臘神話是歐洲藝術創作的靈感泉源，以此為題的藝術品不勝枚舉。

趣味重溫（2）

一、你明白嗎

1. 如果你是守護阿凱軍營的士兵，你認為對陣地而言最危險的武器是（
   a 長矛　b 石頭　c 火把　d 危險

2. 在這一階段，作戰態度不同於其他人的阿凱將領是（　）
   a 阿加曼農　b 奧德修　c 大埃亞　d 阿戲留

3. 下面幾場戰役中，雙方勝負情況如何？請在獲勝方一欄內劃“√”。

交戰雙方	夜襲敵營	激烈交戰					帕特洛克勒參戰		
		早晨至晌午	阿加曼農受傷後	阿凱軍隊壁壘前的激戰	波塞頓指揮阿凱人作戰	阿波羅參戰	向特洛伊人反撲	帕特洛克勒大戰薩爾珀冬	帕特洛克勒陣亡
阿凱									
特洛伊									

二、想深一層

1. 成語接龍：閱讀故事相關情節，找出適當的成語，完成成語接龍。
   橫：
   （1）他們走進阿戲留的帳篷，看見那位王子正在用音樂消磨時光。旁邊是________的副將帕特洛克勒。〈向阿戲留求和〉
   （2）帕里斯朝狄奧彌底放暗箭，射傷了他，便有點________。〈阿凱將領紛紛受傷〉

直：

a. 奧德修替阿加曼農向阿戲留求和，希望阿戲留能夠________。〈向阿戲留求和〉

b. 狄奧彌底________到特洛伊的陣地去偷營。〈夜間發生的事〉

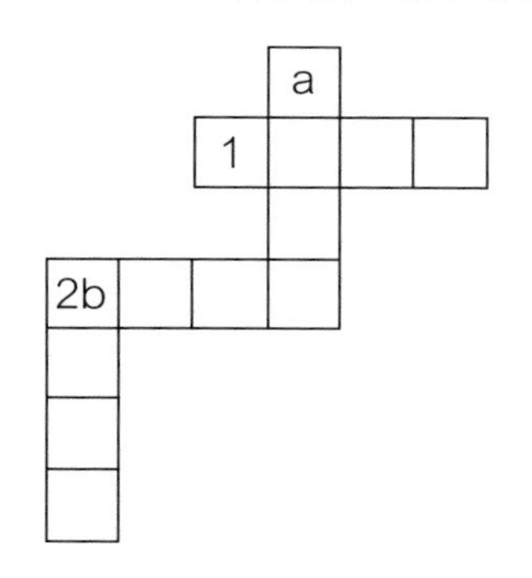

2. 你能找出下列A、B兩組事物或動物的關係嗎？閱讀故事，根據給出的動詞填入適當的名詞。並找出用它們來比喻哪些英雄？

（1）

A	B
獅子	泥沙
狂風	獵狗
河流	牛
野豬	樹林
猛火	巨浪

a ____________ 捲起 ____________

b ____________ 沖洗 ____________

c ____________ 焚燒 ____________

d ____________ 反撲 ____________

e ____________ 撲殺 ____________

（2）你能找出多少位與之對應的英雄？

a 獅子：____________

b 狂風：____________

c 河流：____________

d 野豬：____________

e 猛火：____________

3. 阿凱人與特洛伊人的激戰，天上的諸神也為各自支持的軍隊大顯神通，反映到古希臘神話的高度想像力。想想諸神是通過何種方式來干預戰爭的？將下列內容連線配對。

（1）赫克托雄赳赳地向前挺進，他的部下大聲喧嚷着跟在後面，宙斯從伊得山上往船舶那面颳下一陣狂風，揚起的灰塵把阿凱人的眼睛都弄迷糊了。 ●		● 幻化身份，鼓舞士氣
（2）波塞頓呢，雖然悄悄地溜出大海，為阿凱人撐腰，但也絕不敢公然幫助阿凱人。他只是根據不同的對象，一會兒變成這個人，一會兒變成那個人，到處鼓舞士氣。 ●		● 神力庇佑，暗中助陣
（3）地震神波塞頓拿着閃電般明晃晃的長劍，率領全軍。 ●		● 諸神暗鬥，巧設計謀
（4）她琢磨着：有沒有辦法讓宙斯睡個覺呢？這樣，就可以給阿凱人一點喘息的時間了。 ●		● 親自指揮作戰

三、延伸思考

1. 假如你是一名阿凱士兵，軍隊吃了敗仗，你打算怎麼辦？以下四位將領的意見，哪些是你認同的（可多選）？如果你有更好的建議，也請寫出來。

   （1）阿加曼農：
   "咱們不如上船回家去算了。" 同意 □ 反對 □

   （2）狄奧彌底：
   "你要走就自個兒走吧，你的船就在海邊兒停着哪。可是其餘的阿凱人都準備待下去，不攻下伊利昂城，絕不罷休。" 同意 □ 反對 □

   （3）奈斯陀：
   "咱們得想法兒向阿戲留告饒，平平他心頭的氣。" 同意 □ 反對 □

   （4）阿戲留：
   "明天我就打算乘船回家鄉去。" 同意 □ 反對 □

   我的建議：________________________________

2. 宙斯是眾神之王，可以主宰戰爭的勝負，為何要玩出各種花樣來拖延戰爭進程？如果你是宙斯，會怎樣決定這件戰爭？為甚麼？

18. 阿戲留的新鎧甲

安提洛科氣喘吁吁地跑到阿戲留那兒，看見他正愁眉苦臉地站在船前，原來他已經發覺阿凱部隊在往回逃，因而感到不安。

阿戲留聽到安提洛科告訴他那個可怕的消息，立刻跌進了絕望的深淵。他用雙手捧起黑土，把它撒在頭上，然後在地上打滾兒，發出令人心碎的狂叫，連坐在海底的特提斯都聽見了。

特提斯立刻離開大海，來到阿戲留身邊，他正躺在那兒哼哼呢。特提斯摟着他的頭，滿懷憐惜地問道：

"甚麼事使你這麼傷心，我的兒子？當初你向宙斯禱告的事，一部分已經應驗了。阿凱人因為缺了你，已經被圍困在船邊，吃盡了苦頭。"

阿戲留把事情的經過詳詳細細告訴了母親，又說：

"現在還有一件會使你痛苦的事：你將失去你的兒子，他永遠也回不了家了。因為我不想再活下去了，除非是赫克托死在我的矛下，用生命來償還他欠帕特洛克勒的那筆血債。"

特提斯哭道：

"這麼說來，你確實是活不長了。因為赫克托一死，你也注定立刻就得死。"

阿戲留氣沖沖地說：

"死就死罷，反正人早晚也要死的。連宙斯那麼寵愛的赫拉克雷，也被命運和希累打到地底下去了。目前，我的志向是上戰場，取得光榮。媽媽，你雖然愛我，可千萬不要阻攔我，扯我的後腿。"

特提斯說：

“你的戰友們已經打得精疲力竭，你想去救他們，總歸是件好事兒，我當然支持你。但是赫克托正穿着你那套鎧甲大搖大擺呢。沒有武裝，你怎麼能上戰場！明天一清早，我從赫費斯特那兒帶一套鎧甲來給你。不等我回來，你千萬不要去打仗。”

特提斯馬上就動身到奧倫波山上，替兒子張羅鎧甲去了。

這當兒，赫克托已率領一批戰士，追上那兩個抬屍首的人。他從後邊衝上三次，一面大聲嚷着，叫部下來幫忙，一面想把屍首奪回去，可是三次都被趕來保護屍首的兩個埃亞擊退。要不是伊里斯匆匆忙忙從奧倫波山上下來，叫阿戲留來幫一把，那具屍首遲早還是會被赫克托拖回去，為他添光彩的。

伊里斯是希累背着宙斯和其他神偷偷派來的。阿戲留聽伊里斯説，希累要他立即上戰場，就問道：

“可是我母親還沒把新的鎧甲送來，我怎麼能去打仗呢？”

伊里斯説：

“你哪怕站在壕溝旁邊，讓特洛伊人看一下你的臉也是好的，他們八成會被你嚇跑，疲倦的阿凱人就可以借這個機會喘喘氣。在戰爭中間，哪怕稍微歇一會兒，也是有用的。”

伊里斯走後，阿戲留就從地上一躍而起。雅典娜在他的腦袋周圍撒了一圈金色的霧，又使他周身放出萬丈光芒。

阿戲留走到壁壘外邊，靠近壕溝站住，他牢記着母親的囑咐，不去加入阿凱人的戰鬥隊伍。他站在那裡大聲吼叫，雅典娜也遠遠地吶喊着給他助威。

特洛伊人全給嚇昏了，就連馬也拖着戰車扭頭就跑。阿戲留大喊了三次，每次都在特洛伊人和他們的盟軍當中引起極大的混亂，十幾個將領竟當場被部下刺死在他們自己的戰車旁邊。

這樣，阿凱人才好歹把帕特洛克勒的屍體抬回到阿戲留的帳篷裡。他們把他放在一副擔架上，他的部下都圍着他哭，哭得最傷心的是阿戲留，他看見自己童年的夥伴、忠實的朋友竟然被摧殘得身上一塊好肉都沒有了，那眼淚就像斷了線的珠子滾了下來。

夜幕降臨了。阿凱人停止戰鬥，回到船邊去休息。特洛伊人也收了兵，從戰車上解下馬匹。他們顧不上吃晚飯，卻先聚在一起開會。

波呂達馬建議大家回到城裡去死守，因為那座城就像銅牆鐵壁一樣堅固，任憑阿戲留本事再大，也攻不破。赫克托反駁他道：

"那位大神已經讓咱們在船邊獲得了勝利，你卻像個傻子一樣，勸大家回去保衛城市。沒有一個特洛伊人會聽你的，我絕不許你把這種念頭灌輸到人們的腦子裡。

天一亮，我們就武裝起來，向船邊猛烈進攻。我絕不會在阿戲留面前泄氣，我要和他比個輸贏。"

赫克托講完這番話，特洛伊人愚蠢地高呼，熱烈地支持他，雅典娜使他們失去了判斷力，誰也不支持波呂達馬那個健全的戰略，卻拍手稱讚赫克托那個輕率的主意。

阿凱人通宵達旦地為帕特洛克勒舉行哀悼。阿戲留叫人用熱水把屍首洗淨，塗上橄欖油，在傷口裡填滿藥膏。

這當兒，特提斯已經來到火神赫費斯特的神宮，那是赫費斯特用永遠也不會生鏽的青銅建造的，發出耀眼的光，比其他任何一位神的住宅都豪華。

赫費斯特生來是個瘸子，他母親希累嫌棄他，想把他從天上推下去，多虧特提斯和她的姐姐歐律諾墨救了他，把他接到海底的洞府裡，跟她們一起住了九年。他在那裡學會了不少手藝，他用青銅製造的裝飾品、鐲子、項圈，要多精巧就有多精巧。

赫費斯特按照特提斯的要求，很快就替阿戲留製造了全副裝備。最先做好的是又大又結實的五層盾牌，最外面的一層有許多圖案：太陽、月亮、星星、兩座城市和小人兒、葡萄園、牛、牧場等，盾牌周圍鑲着三道鋥亮的金屬邊兒，還配上一條銀子做的肩帶。

接着，他又給阿戲留做了件胸甲，比那烈火還要亮。然後，他又按照阿戲留腦袋的大小，給他做了一頂笨重的頭盔。頭盔上有美麗的雕刻，並在頂上裝了一簇金纓。最後，他用柔韌的錫，給阿戲留做了一副脛甲。

一件件都做完之後，這位心靈手巧的跛腳神就把它們收攏在一起，擺在阿戲留的母親面前。她帶着這套閃亮的新鎧甲，就像一隻老鷹似的，從白雪皚皚的奧侖波山上飛到人間去了。

19. 消除怨仇

當曙光初照大地的時候，特提斯手裡捧着神的禮品進了兒子的帳篷。她看見阿戲留趴在帕特洛克勒的屍首上，還在那兒痛哭，就拉着他的手說：

"兒啊，不要哭了。你來看看這套鎧甲多麼漂亮。"

阿戲留拿起神的禮品，越看越高興，滿意地撫摸着它們，他兩眼閃着烈火般的兇光，對特提斯說：

"媽媽，凡人是做不出這樣的東西來的，這太好了，我恨不得馬上穿上它去打仗。可是我擔心這期間蒼蠅要來叮帕特洛克勒的傷口，甚至在裡面下蛆。"

女神特提斯安慰他道：

"我會把這具遺體保護好，不讓它腐爛的。你快去跟總司令阿加曼農講和，然後率領部隊去打仗吧。"

於是，她從帕特洛克勒的鼻孔裡灌進瓊漿玉液和紅色神酒，這樣，他的屍首就多少年也不會腐爛了。

阿戲留沿着海灘走去，嗓音宏亮地一路吆喝阿凱部隊集合。連留在船上打雜的，以及受了傷的人們也一瘸一拐地擁來了，其中包括狄奧彌底、奧德修和阿加曼農。

等所有的阿凱人都聚齊之後，阿戲留站起來說：

"阿加曼農大王，咱們這次爭吵，使赫克托和其他特洛伊人佔了不少便宜，阿凱人應該永遠記住這個血的教訓。過去的事，現在去追究也沒用，我是說甚麼也不會再記怨仇的了，咱們和解吧，我建議你立刻號召全軍，投入戰鬥。"

阿加曼農站起來說：

"為了你剛才說的那檔子事，阿凱人不斷地埋怨我。其實不能怪我。這全是宙斯、命運和復仇神奪去了我的理智，使我做出那樣的糊塗事來。我願意彌補我的過失，給你充裕的賠償。所以你就振作起精神，率領大家出戰吧。那天奧德修到你的帳篷裡去，答應過你的那些賠罪的禮物，現在我就如數拿出來。”

阿戲留說：

“阿加曼農大王，禮物不必忙。咱們現在不能再耽擱了，得馬上出兵。”

這幾句引出奧德修的一番規勸來：

“大家都還沒吃早飯呢，總得吃飽了肚子才能上戰場呀。一個人即使一心都投在戰鬥上，要是又餓又渴，就支持不到傍晚了。至於你，阿加曼農大王，以後你處理事情可不可以謹慎一些？一個做君王的得罪了人，能夠及時補過，才算得上有氣度。”

於是，阿加曼農派部下到船裡去取那些禮品，還要人預備一頭野豬，好給宙斯和太陽神阿波羅獻祭。

阿戲留又站起來說：

“等戰局平定下來，再去取那些禮品也不遲。咱們那些死在赫克托手下的夥伴們，現在還渾身血污，躺在平原上，沒人收屍，你跟奧德修卻偏偏挑這個時刻來宣佈吃飯！我的辦法卻不是這樣的。我要叫大夥兒餓着肚子去打仗，等到太陽下山，咱們已經洗淨恥辱，再坐下來好好吃一頓。不等到那個時候，我的嘴唇就連一滴水、一點麥餅渣子也絕不會沾的。”

但是奧德修還是不顧阿戲留的反對，把阿加曼農答應給阿戲留的禮物，全都送到阿戲留的帳篷裡安放。長得像阿芙洛狄蒂一樣美的布里塞伊回來後，一看見帕特洛克勒的屍體傷痕斑斑地陳在那裡，就撲到他身上哀哭道：

“哎呀，帕特洛克勒，我的命好苦哇！我看見了爹娘許配給我的未婚夫被銅矛刺得稀巴爛，躺在城牆前面。我看見了我的三個兄弟也都被屠殺，可是當阿戲留殺了我的親人，攻下密涅斯王城池的時候，你連哭都不准我哭。你說過，你要讓我作阿戲留王子的合法妻子，要為我們舉行婚禮。你一直對我非常客氣，當我離開這個帳篷的時候，你還活得好好的，現在我回來了，你卻已經死了。我真不幸啊！”

這當兒，阿戲留也回到帳篷裡，又哀悼起他的亡友來。阿加曼農和曼涅勞哥兒倆、奧德修、奈斯陀、伊多墨紐以及福尼克等人，竭力安慰他。

阿戲留邊哭邊說：

“你在世的時候，每次出兵以前，都是你替我擺上美味的東西讓我吃。現在帳篷裡有這麼多東西可吃，但是我因為悼念你，一點胃口也沒有。哪怕是我父親死了的消息，也不至於給我這麼大的打擊。我為了赫連妮，跑到特洛伊來打了好多年的仗。可憐我那父親啊，他由於想念我這個愛子，不知多麼傷心呢。”

那些將領們也都想起了留在家鄉的親人，個個都悲傷起來，隨後他們就回到各自的帳篷去吃飯。宙斯在高高的天上，看見阿戲留這麼苦惱，立刻對雅典娜說：

“你不再關心阿戲留了嗎？別人都去吃飯了，只有他還在哀悼他最好的朋友，甚麼也不肯吃。你快去給他嘴裡灌些神酒和甜蜜的瓊漿玉液，免得他餓死。”

雅典娜馬上就從天上飛下來，照宙斯的話辦了。她往天父的宮廷飛回去的時候，阿凱大軍浩浩蕩蕩地出發了。鋥亮的頭盔，鼓肚子的盾牌，帶銅片的胸甲和長矛，大隊經過的地方響起一片嚓嚓嚓的腳步聲。

阿戲留那身天神送的戎裝，比誰的都威武，他那又大又厚的華麗盾牌發出耀眼的光輝，頭盔上的纓子是赫費斯特慷慨地用黃金做的，光芒四射。最後，他從櫃子裡取出他父親那支沉甸甸的樺木柄長矛來。那是當年刻戎送給他父親，讓他去殺強大的敵人的。

這時，奧托墨冬正在駕馬，阿戲留跳上戰車，對他父親的兩匹天馬厲聲責備起來：

"克珊圖和巴利烏，這回你們可得好好幹了，不要再像你們丟下帕特洛克勒那樣，把車上的人丟在戰場上，聽任他死去。"

天后希累曾教會克珊圖學人話，這時克珊圖回答說：

"我們今天是要把你平平安安送回來的，但是你的死期也快到了，你也注定要被一個神和一個人打死在戰場上。"

這時，復仇神把牠打啞了，牠就不再説下去了。

阿戲留説：

"我早就知道我會死在這裡。儘管這樣，不把伊利昂打得稀爛，我絕不罷休。"

説罷，他就吆喝一聲，把那兩匹天馬趕到前線上去了。

20. 群神參戰

阿凱人以阿戲留為中心，在船邊佈好了陣，特洛伊人則在平原裡的一片高地上佈陣。

宙斯也召集群神開會，大家在神宮裡聚齊後，地震神波塞頓問道：

“特洛伊人和阿凱人又快要打起來了，這個會是不是為了他們才開的？”

宙斯回答道：

“你猜對了，你們同情哪一方，就可以幫助哪一方。如果聽憑阿戲留去打特洛伊人，說不定他今天就會攻陷伊利昂城。那就太早了些，還不到時候。”

於是，群神分成兩個敵對的集團參戰了。天后希累、女戰神雅典娜、地震神波塞頓、神的使者赫爾墨和火神赫費斯特站在阿凱人這一邊。戰神阿瑞斯、射神阿波羅、女射神阿特密、河神克珊托和愛情女神阿芙洛狄蒂站在特洛伊人那一邊。

群神參戰以前，特洛伊人一直在吃敗仗，他們看見阿戲留穿着那麼輝煌的鐵甲，兇得像戰神，個個都嚇得渾身打哆嗦。奧侖波的神來參戰後，局面就起了變化。

阿波羅搖身一變，變成普里安的兒子呂卡翁的模樣，對埃涅阿說：

“你為甚麼不去向阿戲留挑戰呢？你是宙斯的女兒阿芙洛狄蒂的兒子，阿戲留的母親雖然也是一位女神，地位可低多了，她的父親不過是海中老人，怎樣也比不上宙斯。”

阿波羅鼓起了埃涅阿王子的勇氣，他穿過人叢，找阿戲留決鬥去了。

希累見到這種情況，馬上把朋友召集到身邊說：

"波塞頓和雅典娜，埃涅阿在阿波羅的幫助下，跟阿戲留交手去了。咱們也學對方的樣兒，由一位神幫助阿戲留去吧。"

波塞頓制止她道：

"希累，你不要輕舉妄動。我建議咱們都坐在一邊，讓人們自己去打。要是阿瑞斯或阿波羅先動手打起阿戲留來，或者妨礙阿戲留，讓他落敗，咱們再參戰也不遲。"

於是，阿凱人這邊的神就坐了下來。接着，特洛伊人那邊的神也坐了下來。他們都籠罩在濃霧裡，所以凡人是看不見他們的。

埃涅阿和阿戲留面對面地站好，他掄起他那桿明晃晃的長矛，對準阿戲留投過來，阿戲留立刻舉起盾牌去抵擋。長矛噹的一聲刺中了盾牌，阿戲留以為一定會給刺穿，不免受了一場虛驚。他忘記了那是神的珍貴禮品，人類是不可能刺穿它的。盾牌一共有五層，長矛的銅尖固然鋒利，也只刺過兩層，卻被第三層擋住了。

現在輪到阿戲留了，他投出一支長矛，埃涅阿把那一人高的盾牌往頭頂上一舉，連忙彎下身，向後退出。那支長矛就穿透圓盾的邊沿，掠過他的脊背，插進地裡去了，埃涅阿差點兒送了命，嚇得呆呆地站在那兒。阿戲留抽出他的利劍，大吼一聲，殺上來了，埃涅阿也抱起一大塊石頭，準備抵抗。

波塞頓看到這副情景，對旁邊的神說：

"要是阿戲留真的殺死了埃涅阿，宙斯準會生氣的。普里安這個王族已經得罪了宙斯，現在該由埃涅阿和他的後代子孫來作特洛伊王啦。"

希累說：

"這件事你自己拿主意吧，雅典娜和我曾好幾次發誓，永

遠不救特洛伊人。哪怕阿凱人放火燒掉整座伊利昂城，我們也不管。”

波塞頓從飛舞的長矛下面穿過去，到了那兩個人交手的地點，他在阿戲留眼前佈起一陣霧。隨後，波塞頓又把阿戲留那桿樺木柄長矛從地裡拔出來，放在阿戲留腳下，接着，再把埃涅阿從地面上高高提到半空中。波塞頓將埃涅阿往前一掄，埃涅阿就飛過步兵和馬匹的陣線，落到戰場的邊沿上了。

波塞頓告訴埃涅阿，今後只要遇見阿戲留，就得馬上退卻。等阿戲留死了，他才能大顯身手，因為那時阿凱部隊方面就再也不會有人來殺他了。

波塞頓說完這話，就撇下埃涅阿，急忙回到阿戲留那裡，撤掉他眼前那陣霧。這下子阿戲留才發覺，剛才投出去的那支長矛竟橫在自己跟前。他的對手已失蹤，他心想：準是有一位神在庇護埃涅阿，反正埃涅阿撿了一條命，大概也不敢再來挑釁了。

阿戲留急匆匆地跑到隊伍裡去，鼓舞着阿凱人的士氣，赫克托也在勉勵特洛伊戰士。阿波羅警告赫克托，無論如何不要去跟阿戲留交手，赫克托聽了，有些膽怯，就混到特洛伊戰士當中去了。

阿戲留卻渾身是膽，他大吼一聲，撲向特洛伊部隊，一連殺死了好幾個人，包括赫克托最小的弟弟波呂多洛。赫克托看見兄弟被殺，頓時忘記了神的警告，揮淚舞動着鋒利的長矛，像一團烈火般地撲向阿戲留。

阿戲留狠狠地瞪了赫克托一眼，說：

“快過來，早點來送命。”

赫克托回罵了幾聲，握好他的長矛，投了出去。雅典娜用嘴輕輕一吹，那支長矛就掉轉了方向，飛回到赫克托腳下了。

阿戲留急於殺死赫克托，替好友報仇，就大吼一聲衝上去，可是阿波羅拿一團濃霧罩住赫克托王子，把他移到安全的地方。阿戲留三次拿着長矛衝上去，三次都撲了空，當他像個惡魔似地第四次衝上去的時候，他罵道：

“你這狗東西！阿波羅又來照顧你了，讓你逃了狗命！但是，早晚你要死在我手裡！”

於是，阿戲留掉過身去，毫不留情地大殺其餘的特洛伊人。戰場上，鮮血流成了河。

21. 阿戲留勇戰河神

阿戲留把敵人打得大敗而逃，有的往平原上跑，其餘的被追逐到克珊托河邊，栽進水裡。阿戲留將長矛搭在一棵樹上，手裡只拿着一口劍，跳到河裡，左劈右砍，血把水都染紅了。

阿戲留殺人殺得胳膊都酸了，就從河裡活捉了十二個特洛伊貴族少爺，交給侍從帶回船上去。他打算用他們給帕特洛克勒殉葬。

接着，阿戲留遇上了普里安的兒子呂卡翁，呂卡翁過去曾作過阿戲留的俘虜。阿戲留用船把他運到楞諾斯城去賣掉，後來有個得過他好處的人，出一大筆錢把他贖出去，他逃回伊利昂城，在家裡住了十一天，就又上了戰場。

阿戲留又驚又氣地說：

"這傢伙又來了，這回我對他可不能再客氣了。"

呂卡翁苦苦哀求，阿戲留卻毫不留情地用劍劈死了他，一面把屍體丟進河裡，一面說：

"你們年年用雄牛來給克珊托河獻祭，但是連他也救不了你們，洶湧的河水會把你們捲進大海裡，去填魚肚子。"

河神克珊托看見阿戲留殺了那麼多特洛伊人，就嚷道：

"阿波羅，宙斯不是要你站在特洛伊人那邊保護他們的嗎？你怎麼不聽他的話？"

阿戲留聽見這話，就在水裡扎了個猛子，與河神交起手來。克珊托掀起了個浪頭，向他衝過來。激怒的水在阿戲留周圍洶湧着，把他的身子都壓彎了，他竭力想站穩一些，可是那水簡直像發狂似的從他身邊衝過去，並且把他腳底下鬆軟的泥土捲走。阿戲留恐慌起來，抬頭望着高空大聲說：

"啊，天父宙斯，難道沒有一位神肯可憐我，把我救出這條河流嗎？哪怕被赫克托殺了，也比這樣淹死在河裡要體面一些呀！"

波塞頓和雅典娜聽見他的呼聲，馬上搖身一變，變成凡人的模樣，來到他身邊，握住他的手，安慰他。波塞頓說：

"放心吧，你不會敗在任何河流手下，河水不一會兒就會退落的。不論遇到甚麼危險，你都不要停止戰鬥。殺死赫克托再回船裡去吧，我們保證你取得這個勝利。"

那兩位神隨即消失了蹤影。來自上天的鼓勵，使阿戲留的精神大大振作起來，他大步流星地走向上游。那時，整個原野都發了大水，漂着好多屍體。

河神克珊托還是不死心，他打定主意把阿戲留捲進泥沙裡去，在他身上高高地堆起石子，讓阿凱人找不到他的屍首。

於是，他掀起滾滾怒潮，吐着泡沫和鮮血向阿戲留衝去。希累看見了，大吃一驚，她以為那咆哮着的河一眨眼的工夫就要把阿戲留吞下去。她尖叫一聲，轉過身去對她的兒子火神赫費斯特說：

"在這場戰鬥裡，我們本來打算叫你去對付克珊托的。趕快去救阿戲留，在克珊托河上放把火，將兩岸的樹木燒掉吧。我去讓西南風從海上颳來，把特洛伊人的屍體和鎧甲都燒成灰。不等我招呼，你絕不能讓烈火熄滅。"

赫費斯特就照母親的吩咐燃起熊熊大火，把平原上的洪水燒乾，草木、屍體、鎧甲都燒成了灰。火勢很快就延燒到河流，兩岸的榆樹、柳樹，連同水邊的百合、蘆葦都噼噼啪啪地着起火來。河水燒得滾燙，不再流動了。不但水裡的魚給灼傷了，連河流本身都快化成蒸氣上升了。

河神克珊托嚇得向希累哀告道：

"希累，你為甚麼單跟我的河流過不去呀？你折磨得我好苦啊！我可以起個誓，絕不去救特洛伊人，即便整座城市都給阿凱人放火燒掉了，我也不去救他們。”

希累聽見克珊托說得這麼可憐，就讓她的兒子把大火熄滅。清澈的河水又在美麗的堤岸之間嘩嘩地流動起來。

這兩位神雖然講和了，其他神卻公然又動起武來。宙斯看見那些永生神互相扭打，笑得彎了腰。阿瑞斯罵雅典娜是個多管閒事的潑婦，又責怪她不該煽動狄奧彌底來刺傷他。他嚷道：

“是你把他的長矛拿在自己手裡，是你把它向我一直投來，才刺進我的肉的，現在我要你償付這筆債！”

說完，他就一矛刺在她的神盾上，可是那盾堅固極了，連宙斯的閃電都摧毀不了它。雅典娜往後退一步，雙手抱起一塊又粗又硬的大石頭丟過去，擊中了戰神的脖子，把他打倒了。

雅典娜說：

“你這傻瓜！這麼不自量力，竟敢向我挑戰！你哪裡是我的對手！”

但是雅典娜剛剛轉過身去，阿芙洛狄蒂就趕過來，把阿瑞斯扶出了戰場。希累急得大聲喊雅典娜，要她去追他們。雅典娜一個箭步竄過去，攥起拳頭打在阿芙洛狄蒂的胸口。阿芙洛狄蒂被打暈過去，和阿瑞斯一道倒在地下。

這時，波塞頓要求阿波羅和他交手，阿波羅卻覺得和自己的叔叔較量太不像話，就一口回絕了。

阿波羅更關心的是伊利昂城的命運，他怕阿凱人等不到命中注定的日子就把它毀掉。其他永生神都回到奧侖波去，跟宙斯坐在一起了。

老王普里安站在城樓上，看見特洛伊人被阿戲留追趕得四下亂竄。他急忙下了城樓，命令打開城門，以便收容逃回來的將領和士兵。

阿戲留拿着長矛，緊緊追在後面，要不是阿波羅出來干涉，伊利昂城當天就落入阿凱人手裡了。阿波羅把戰士阿革諾鼓動起來，自己隱藏在一團濃霧裡，保護着他。

阿革諾看見阿戲留走了過來，就大聲向他挑戰，將手裡那鋒利的長矛朝着阿戲留投過去。那長矛打中了阿戲留的脛甲，卻砰的一聲彈了回來。因為那副脛甲是神製造的，凡人的矛是刺不透的。

這下輪到阿戲留向阿革諾進攻了，阿波羅卻把阿革諾藏在一團濃霧裡，把他帶到安全的地方。阿波羅搖身一變，變得跟阿革諾一模一樣，出現在阿戲留前邊不遠的地方。阿戲留再也想不到那是神仙變的，滿以為自己準能追上，就拚死拚活地追啊，追啊，追得滿頭大汗。其餘的特洛伊人就趁這個機會爭先恐後地擁進城裡，把城門關好了。

22. 阿戲留殺死赫克托

特洛伊人進城後，擦乾了身上的汗，喝水解了渴。可是命運喜歡捉弄人，單把赫克托一個人留在斯開亞門外了。

這時，阿波羅對阿戲留顯出了原形。他說：

“你為甚麼一個勁兒追趕我？當你迷了路，跑到這兒來的時候，特洛伊人早就逃到城裡去了。”

阿戲留這才知道自己被阿波羅耍了一頓，就罵罵咧咧地走開了。

老王普里安從城樓上看見大兒子堅決要跟阿戲留拚個你死我活，就向他顫巍巍地伸出兩條胳膊，苦苦哀求道：

“親愛的兒子，不要獨個兒去跟那個人對敵，進城來做特洛伊人的救星吧，不要丟掉你自己寶貴的生命，去給阿戲留造成勝利。”

赫克托的母親也站在老王旁邊，嗚咽道：

“你還是進城來，和大家一道對付敵人吧。阿戲留是個野蠻人，要是他把你殺了，會把你的屍體拿去餵狗的。”

赫克托卻一動也不動地站在城外。他暗暗思忖着：

“要是我進城去了，波呂達馬就頭一個要來責備我說，當初應該接受他的忠告，下命令收兵回城。由於我這麼固執，現在竟好端端地把軍隊犧牲了，我還有甚麼臉去見特洛伊人和那些拖着長袍的特洛伊婦女呢！

與其進城，還不如待在這兒跟他交手！要麼是我殺了他，得勝回去，要麼是我被他殺了，光榮地犧牲在伊利昂城下。我要是向他提出講和，會怎麼樣呢？不，阿戲留絕不會可憐我，也不會顧念我的身份，卻要把我像個赤手空拳的女人一樣殺掉的。對，還不如跟他拚一場。”

赫克托正轉着這些念頭的時候，阿戲留已經雄赳赳地走過來了。他的右肩挎着那支鋒利無比的樺木柄長矛，身上的銅裝閃耀着，像一團烈火，或是初升的太陽。

赫克托抬起頭來，一眼看見他，就像篩糠似的渾身簌簌發抖。他離開城門，嚇得撒腿就跑。阿戲留宛如一道閃電，猛地追上去。

所有的神都默默地盯着他們。後來宙斯歎口氣說：

“我替赫克托傷心，多少次，他用牛的大腿來祭獻過我。神仙們，幫助我拿定主意，我們是救他的命呢，還是今天讓這位英雄死在阿戲留的手下。”

雅典娜說：

“天父啊，你怎麼說這樣的話呀？赫克托已經被判了死刑，難道你打算赦免他嗎？”

宙斯說：

“我並不是誠心誠意要保全他，你看該怎麼着就怎麼着吧。”

雅典娜正巴不得這一聲兒，就立即從奧侖波山巔飛下去了。

赫克托總也擺脫不開阿戲留，阿戲留也一直追不着赫克托。原來阿波羅最後一次來到赫克托跟前來庇護他，使他精神振作，跑得飛快。同時阿戲留又向他的部下關照過，不許任何人向他的獵物放箭。因為他怕有人搶先把赫克托射中了，奪過那份榮譽去。

後來，宙斯取出金天秤，在兩個秤盤上都放上死刑的判決。兩個秤盤分別代表阿戲留和赫克托的命運。他拿着秤桿的中心，把它高高舉起。那支秤桿向赫克托那方面傾倒下去，說明他被判了死刑。這下子阿波羅只好丟下他，走掉了。

女神雅典娜卻來到阿戲留身邊，對他說：

"我到赫克托那兒去，勸他來跟你戰鬥，你就站在這兒歇口氣吧。"

阿戲留聽了，自是十分高興，就拄着長矛，站在那兒等待。雅典娜搖身一變，變成赫克托最喜歡的弟弟德依佛伯的模樣，出現在赫克托面前，說：

"大哥，我來幫助你，咱們一塊兒去對付阿戲留吧。咱們放開膽子去向他攻擊，一會兒就可見分曉，究竟是他殺咱倆，還是他敗在你的矛下。"

雅典娜的巧計成功了，她引導赫克托去跟阿戲留相遇。

阿戲留首先向赫克托投出長矛。赫克托一縮脖兒，那支槍就擦過他的頭盔頂，插進地裡去。雅典娜麻利地拔出矛來，交還給阿戲留。

赫克托一心一意只顧揮舞長矛，朝阿戲留擲去，所以不曾留意到這些。他明明投中了阿戲留的盾牌中心，他那支矛卻蹦回來了。赫克托看見這麼好的一矛竟白投了，不由得勃然大怒。他手頭已經沒有矛了，就向德依佛伯討一支。四下裡一打量，哪兒也不見他的弟弟的蹤影。

赫克托這才知道自己上了雅典娜的當，但他畢竟是特洛伊人的頭號英雄，他下定決心，要死得光榮，好把顯赫的名聲流傳後世。

赫克托腰上掛着一把又長又重的利劍，他就拔劍出鞘，撲向阿戲留。阿戲留手裡平提着矛，一邊招架着，一邊找赫克托身上最好刺的地方。赫克托穿着從帕特洛克勒的屍體上剝下來的那套銅鎧甲，只有咽喉上留着個孔隙。阿戲留趁着赫克托衝上來的當兒，把長矛的銅尖兒戳進去，剛好插進赫克托頸上的嫩肉，他就咕咚一聲倒在塵埃裡。

赫克托的氣管並沒有被戳穿，所以臨死時還能對征服者說

話。他奄奄一息地央求阿戲留，請阿戲留讓普里安王用黃金把兒子的屍體贖回去，以便特洛伊人為他舉行隆重的葬禮，阿戲留卻堅決不答應。

赫克托嚥氣後，阿戲留把他的矛從屍體裡拔出來，並從他身上剝下那套血污的鎧甲。每個阿凱人都走過來打那具屍體一下。隨後，阿戲留將屍體拴在戰車後面拖着走，赫克托的腦袋在塵埃裡一路打滾兒。

赫克托的父母看到這副情景，傷心得放聲大哭。他們周圍的人也一齊哀號，整座城市都陷入絕望中，即使伊利昂到處起火，也不會引起這麼大的驚慌。

赫克托的妻子安德洛瑪刻正在織一匹帶花紋的雙幅紫色布。她剛剛吩咐侍女燒上一大鍋水，好讓赫克托打完仗回家洗個熱水澡。她聽到城樓上哀號的聲音，就丟下梭子，從家裡衝出去。侍女們跟在後面，爬上城樓，向平原望去，只見敵人把她丈夫的屍身拖在戰車後面，正不慌不忙地朝着船舶走。

安德洛瑪刻馬上失去知覺，仰面朝天倒在地上了。過了半晌，大家才把她搶救過來。她蘇醒後，就悲哀地哭訴道：

“哎呀，赫克托，我好命苦呀。咱們的兒子還這麼小，就成了孤兒。家裡有那麼多漂亮的衣服，都是特洛伊婦女為你精心做的，你卻赤裸裸地躺在那裡。我要把它們拿到人前去燒掉，也好讓特洛伊的男女老少對你表示一點最後的敬意。”

安德洛瑪刻哭得嗓子都啞了，周圍的婦女也陪着她掉眼淚。

23. 葬禮和競技

當特洛伊人深深哀痛的時候，阿凱人已經勝利地回到船邊。阿戲留把手下的摩彌東人留下，打發其他人回帳篷裡去休息，他領着哀悼的隊伍繞着帕特洛克勒的屍體跑了三圈。大家流下的眼淚把沙土都弄濕了，戰袍上也淚痕斑斑。

接着，阿戲留將手放在帕特洛克勒的胸口上，帶頭念悼詞，然後才坐下來吃喪禮飯。

這時，阿加曼農派人來，請阿戲留和王爺們一起用飯。他勉勉強強去了，但説甚麼也不肯洗掉身上的血跡，他只要求阿加曼農叫人去撿柴，好盡快地為帕特洛克勒舉行火葬。

飯後，別人都回帳篷裡去安歇了，阿戲留卻在摩彌東人的陪伴下，到了海濱。他離開大家，找了個僻靜的地點躺下來。他打了一天仗，四肢乏得厲害，很快就進入夢鄉。這時，帕特洛克勒的鬼魂來找他了，不論聲音還是容貌，都跟生前一模一樣。

鬼魂站在他身邊説：

“請你趕快把我火化掉，我好走進哈得斯宮的大門。我已經被可怕的命運吞下去了，可是你也注定要死在伊利昂城牆根下。我還有個請求：將來把咱們倆的骨灰安放在一起，盛在你母親給你的那個金瓶子裡。”

阿戲留説：

“你還用得着提醒我嗎？我當然會樣樣都注意的，管保叫你稱心如意。咱們倆擁抱一會兒吧，哪怕一分鐘也好。”

阿戲留邊説邊伸出胳膊去抱那鬼魂，可是撲了個空。它早就像一縷煙似的消失了，抽抽搭搭地哭着回地府去了。

阿戲留跳起來嚷道：

“人即使死了，鬼魂也還有個影子哪！”

他這麼一喊，在場的摩彌東人都醒了。於是大家又哀悼起來，一直哭到東方的天空泛白。

天剛蒙蒙亮，阿加曼農就派人牽着騾子上山打柴去了。他們用斧子砍倒高大的橡樹，劈成柴禾，捆在騾背上運回來，到了海邊，整整齊齊地放在阿戲留指定的地方，阿戲留打算在這兒給帕特洛克勒和他自己造墳墓。

葬禮是由阿戲留主持的。他領着阿凱的將領們，做好一個一百尺見方的焚屍場，大家懷着無比沉痛的心情，將屍體放到頂上。他還叫人宰了四匹高頭大馬以及帕特洛克勒喜愛的兩隻狗，投到焚屍堆上去，為他殉葬。頭一天抓來的十二個特洛伊貴族少爺，也一個個五花大綁，被丟進熊熊烈火。和帕特洛克勒的屍體一道化成了灰。至於赫克托的屍體，阿戲留是打算留下來餵狗的，所以沒把它火化。

但是阿芙洛狄蒂日日夜夜保護着赫克托的遺體，所以狗沒法挨近它。女神在屍身上塗滿了玫瑰花油，免得阿戲留將它拖來拖去的時候，損壞了它。阿波羅又從天上送下一團黑雲，蓋在屍體所在的那塊地面上，這樣，太陽的熱氣就不至於把它的皮膚曬乾了。

焚化帕特洛克勒的火整整燒了一宿，阿戲留一直拖着沉重的腳步，圍着火葬場繞啊，繞啊，邊走邊哭。

等到曙光把火海染成橙黃色後，火焰逐漸熄滅了。阿戲留已經乏透了，他走到一邊，倒下去就睡熟了。過一會兒，將領們一齊擁到他身邊，把他叫醒。他叫他們去把帕特洛克勒的骨灰撿出來，放在那隻金瓶裡。墳墓呢，現在先造個普普通通的，等將來阿戲留也死了，和帕特洛克勒合葬的時候，再重新修個又高又大的。於是，大家就照着阿戲留的話去辦了。

豎好墓碑後，阿戲留叫人們圍成一個圓圈，舉行競技。他從船舶中拿出種種獎品，送給參加競技的人。

第一個節目是戰車比賽，參加的是歐墨羅和狄奧彌底等五個人。歐墨羅的駕車技術極高明，他的戰車跑在最前面，狄奧彌底緊緊地追在後面。當狄奧彌底幾乎要趕上歐墨羅的時候，阿波羅把他手裡的鞭子打落了。雅典娜看見阿波羅在捉弄狄奧彌底，就把鞭子拾起來交還給他。接着，雅典娜又去把歐墨羅車轅上的軛打斷了。這下子兩匹馬脱離了車，歐墨羅被拋下戰車，摔得鼻青臉腫。

雅典娜使狄奧彌底的一對肥膘馬跑得飛快，幫助牠們的主人獲得了優勝獎：一個會做針線的婦女和一口可容十二、三升的三腳鼎。

曼涅勞跟在後面，他後邊是奈斯陀的兒子安提洛科。到了路面窄得只能容一輛車走過的地方，安提洛科就使了個詭計，硬把跑在前邊的曼涅勞的戰車擠倒，竄到前面去，結果獲得了第二名。曼涅勞倒成了第三名，伊多墨紐的侍從墨里俄涅是第四名。這場比賽中，就數他那兩匹馬跑得慢，他自己駕車的本領也最差。

末一名是歐墨羅。他是自己拖着戰車來的，還趕着那兩匹馬。阿戲留很同情他，就建議給他第二獎。大家都支持這個建議。阿戲留正要把第二獎（一匹母馬）給他的時候，安提洛科抗議道：

"阿戲留，你要是可憐他，那麼你盡可以從自己的帳篷裡取出更多更好的獎品給他，可是這匹母馬，我是不肯放棄的。"

於是，阿戲留就獎給了歐墨羅一件胸甲。

這當兒，曼涅勞要求安提洛科以天神的名義發誓説，剛才他妨礙曼涅勞的車子，絕不是出於卑鄙的存心。安提洛科道歉説，年輕人是容易犯規矩的。他情願把自己贏來的這匹馬送給曼涅勞，也不願得罪老人家，更不願意在天神面前犯偽誓罪。曼涅勞原諒了安提洛科，還是把母馬給了安提洛科，他自己領了那口閃亮的大鍋。跑第四名的墨里俄涅也把第四獎領走了，那是兩個金元寶。第五獎是一口平底鍋，沒人領，阿戲留把它送給了老奈斯陀。

接着是拳術、摔跤、賽跑等項比賽。第五項是投擲長矛，誰先刺傷對手，誰就是勝利者。隨後是扔鐵餅及射箭等。大家的情緒很高，踴躍報名，有輸的，有贏的。每一個參加比賽的人都拿到了獎品。

24. 老王贖回愛子屍首

比賽結束後，人們帶着獎品回到各自的帳篷裡去了，阿戲留卻依然在懷念他的朋友。

夜裡，他睡不着覺，經常爬起來，到海灘上去漫步。白天，他把赫克托的屍首拴在戰車後，拖着它，繞帕特洛克勒的墳墓跑三圈，然後把它丟在塵埃裡，自己回到帳篷裡去休息。多虧阿波羅暗中保護，不然的話，那具屍體早給糟蹋得不成樣子。

十一天過去了，到了第十二天的早晨，阿波羅向群神建議，應該把阿戲留的母親特提斯找來，叫她去説服兒子接受一筆贖金，把赫克托的屍體交還給老普里安。

同時，宙斯又派他的使者伊里斯去給普里安出主意，叫他帶着禮物去找阿戲留，好把赫克托的屍體贖回來。

特提斯馬上按照宙斯的吩咐，飛到她兒子的帳篷裡去了。她緊挨着兒子坐下來，説：

“兒啊，你自己也沒有多少日子好活啦，為甚麼總是為帕特洛克勒哀傷個沒完呢？我是從宙斯那裡來的。你這樣糟蹋赫克托的屍體，神們都不高興了。現在你聽我的話，收下一筆贖款，放棄那個死人吧。”

阿戲留表示，既然是神的命令，他就同意這樣做。

娘兒倆正在談心的時候，宙斯已經打發伊里斯到伊利昂去了。在那裡，她聽到的是一片哭聲。

伊里斯用溫和的聲音對普里安説：

“我是奉宙斯之命來見你的，他叫你給阿戲留送禮物去，用話打動他，讓他同意你把赫克托王子的屍首贖回來。你只能帶一名傳令官，好讓他替你趕騾車。神的使者赫爾墨會來護送你，所以你甚麼都不用怕。”

普里安王打開箱子，取出美麗的長袍、斗篷、白大衣、短褂各十二件，以及十二條毛毯，叫人裝在四輪車上。他又打點好十個金元寶、兩隻閃閃發光的三腳鼎、四口大鍋和一隻玲瓏的杯子，杯子是個傳家寶，但為了贖回愛子的屍首，老王甚麼都捨得。

騾子拖的四輪車走在前面，趕車的是一個叫伊代俄的傳令官。普里安的戰車也駕好了馬匹，他自己趕這輛車，跟在後面，他的兒子們和女婿們一直送他到郊外才回去。

宙斯看見他們走過平原，馬上就派他的使者赫爾墨去護送他們。

兩個人在河岸上停下來，讓騾馬喝水的時候，傳令官猛一抬頭，發現赫爾墨迎面走了過來。他驚慌地對老王說：

“糟啦，咱們可能要給殺死了。”

赫爾墨卻和和氣氣地安慰老王道：

“不要怕，我不會害你們的。我是阿戲留的一個侍從。”

老王問道：

“那麼，你能不能告訴我，我的兒子怎麼樣了？”

赫爾墨道：

“由於神在精心保護他的屍體，屍體的肉一點兒也沒腐爛。它躺在阿戲留的帳篷裡，像露水一樣新鮮，我親自護送你去看看吧。”

說完，赫爾墨就跳上戰車，把它趕到壕溝跟前，哨兵們正在吃晚飯。赫爾墨讓他們都昏睡過去，然後打開壁壘的門，把普里安、傳令官和那一車禮品，統統放進去。兩輛車朝阿戲留那座高大的帳篷前進。

阿戲留的帳篷是用結結實實的籬笆圍起來的，籬笆門是厚厚的杉木板做的，上面插着一根笨重的門閂，三個人才搬得動，赫爾墨卻毫不費力地就替老王打開了門。隨後，他向普里安王暴露了自己的身份，就回到奧侖波山上去了。

普里安從戰車上跳下來，吩咐伊代俄在那兒看守車馬，就獨自走進了阿戲留的帳篷，抱住阿戲留的膝蓋，親了他的手。阿戲留和他的侍從們看見普里安像從天上飛下來的一般，突然出現在帳篷裡，都嚇愣了。

普里安可憐巴巴地央求阿戲留，收了他帶來的禮物，允許他把兒子的屍體贖回去。

阿戲留說：

"不等你開口，我早就打算把赫克托交還給你了。因為我母親已經從宙斯那兒捎口信給我。而且，我看得出，分明是甚麼神把你送到我這兒來的，一般人是絕不可能平平安安地從哨兵跟前走過去的。即使過了那一關，也輕易推不開我們的大門，因為那根門閂結實得很。"

於是，阿戲留讓兩個侍從把騾馬解下軛，並從車上卸下贖回屍體用的珍貴禮品。他送還給普里安兩條斗篷和一件漂亮的短褂，以便裹屍體。

然後，阿戲留叫幾個侍女把屍體洗乾淨，塗上橄欖油，這一切都是背着普里安，在帳篷的另一頭辦理的。因為阿戲留怕普里安看見了愛子的屍體，會氣憤得忍不住説出幾句難聽的話來。而阿戲留自己也一時控制不住，把老王殺了，這樣就會開罪宙斯。

侍女用短褂和斗篷將屍體裝裹好後，阿戲留就親自動手將它抬上屍架，並在侍從們的幫助下，把它安置在騾車裡。

隨後，阿戲留招待普里安吃了一頓豐盛的晚餐。自從兒子戰死後，十幾天來老王這是頭一次吃東西。阿戲留叫侍女們替普里安和傳令官鋪了兩張床，留他們過夜。

阿戲留問老王，他打算為赫克托舉行多少日子的葬禮，這期間，阿凱軍隊準備休戰。老王說，他們被圍困在城裡，上山打柴有困難，所以需要十一天。到了第十二天，就可以打仗了。

大家進入夢鄉後，赫爾墨走到老王的床頭，對他說：

“你贖回赫克托，是出了一大筆代價的，要是阿加曼農和全軍的人都知道了你在這兒，說不定他們會把你扣下。那麼，你那幾個剩下來的兒子，就得出三倍的代價，才能把你贖回去。”

老王嚇出了一身冷汗，他趕緊叫醒了傳令官。由於有赫爾墨保護，歸途也和來的時候一樣，一路平安，天剛蒙蒙亮，他們就到達了克珊托河的渡口，赫爾墨在這兒辭別了他們。他倆就哭哭啼啼地趕着馬，朝伊利昂城進發。那輛騾車載着屍體跟在後面。

普里安的女兒卡珊德拉剛好站在城樓上，她是頭一個認出他們來的。她向全體特洛伊人大聲呼喊，告訴他們赫克托的屍體運回來了。她這麼一喊，全城都沉浸在極大的悲哀之中，男男女女爭相擁出城去，迎接老王和他們的英雄赫克托的屍體。

大家把屍體陳在一張木床上，由赫克托的妻子安德洛瑪刻、老母赫卡柏分別致悼詞。

最後，赫連妮邊哭邊訴說，她離家這麼多年來，赫克托從來沒對她說過一句粗暴的話。失去了這個大伯，今後她在特洛伊日子更不好過了。

特洛伊人花九天時間，才採夠了火化用的柴木。第十天，他們把赫克托隆重地火化了。第十一天，赫克托的兄弟和戰友把他的白骨撿出來，用紫色軟布包好，放在黃金的匣子裡。他們還為他修了一座考究的墳墓。

特洛伊王國最偉大的英雄赫克托的葬禮，就是這樣舉行的。

尾聲　伊利昂城的陷落

那以後，埃塞俄比亞王門農來支援特洛伊人，他在戰場上舉着長矛，追擊老奈斯陀。安提洛科挺身掩護父親，自己犧牲了。奈斯陀向阿戲留呼救，經過一陣激烈搏鬥，阿戲留用矛戳死了門農。

第二天，阿戲留又殺死了無數的特洛伊人，並將他們追逼到斯開亞門前。他正準備推倒城門，衝斷門閂，率領阿凱人殺進伊利昂城的時候，阿波羅出面干涉了。

他用雷霆般的聲音嚇唬阿戲留，要他立刻終止這場大屠殺，如果不聽，一位神就會要他的命。阿戲留卻一點兒也不怕，他回答說：

"我勸你還是回到神的隊伍裡去吧，不然的話，哪怕你是個神，我也要用長矛刺中你。"

説完，阿戲留離開阿波羅，依然追擊特洛伊人。阿波羅一箭射中了阿戲留的腳後跟，原來當年他母親用天火燒他的時候，只剩下腳後跟沒燒好。他渾身刀槍不入，腳後跟是唯一致命的弱點。阿波羅知道這一點，才故意射他的腳後跟。

阿戲留從傷口拔出箭，登時鮮血直流。阿波羅拾起箭，回到奧侖波山上去了。

阿戲留帶着傷，繼續戰鬥，終於因流血過多，倒在地上嚥了氣。最先發現他的是帕里斯王子，他告訴了大家，特洛伊人就一擁而上，想剝他的鎧甲。多虧大埃亞奮力保護屍體，在奧德修的幫助下，擊退了敵人，用戰車將屍體運回營盤。

為阿戲留舉行葬禮後，他母親特提斯把他的鎧甲拿出來，説是誰為了救護他兒子的屍體出的力最大就獎給誰。

大埃亞和奧德修都來爭這份光榮。奈斯陀説：最好讓俘虜來的特洛伊人來裁決，因為他們對兩位英雄沒有偏愛，也就可以做出公平的判斷。

由於奧德修的口才好，俘虜們被他的話感動了，就一致決定，應該把鎧甲給奧德修。大埃亞憤憤不平，結果發了瘋，自殺身死。

伊利昂城還是攻不下來，後來普里安的兒子，先知赫勒諾被奧德修俘虜了。他説，必須把菲洛誦提請來，同時找阿戲留的一個親人來幫助打仗，才攻得下伊利昂城。

菲洛諦提是阿凱英雄赫拉克雷的朋友，他從赫拉克雷那裡學會了箭術，百發百中。赫拉克雷還把自己的弓箭送給了他。艦隊駛往特洛伊的途中，菲洛諦提被一條毒蛇咬了，傷口發出臭氣，難聞極了，阿凱人就把他丢在楞諾斯島上，將船開走了。

阿戲留有個獨生子，叫尼奧普托勒謨，一直住在斯鳩羅島上，由外祖父撫養着。

阿凱人就派狄奧彌底和奧德修，去把這個人接了來。

菲洛諦提來到特洛伊後，用赫拉克雷的箭射死了帕里斯。尼奧普托勒謨則殺死了特勒福——特洛伊最後的一個英勇的盟軍將領。

但是，伊利昂城還是攻不下來。最後，機智的奧德修想出了一條巧妙的計策。他說："咱們造個巨大的木馬，讓阿凱最勇敢的英雄們藏在馬肚子裡，其餘的人都乘船撤退到特涅多島去。出發以前，咱們放火燒掉軍營，特洛伊人從城樓上看見了，就會以為咱們逃走了。咱們還得留下一個人。這個人騙特洛伊人說，阿凱人為了祈求歸途中一帆風順，準備將他殺死祭神，他是悄悄逃出來的。特洛伊人麻痹大意，就會把他帶進城，將木馬也拖進城。到了一定時候，他就給木馬裡的人一個暗號。於是我們從木馬裡衝出來，到處放火。特涅多島上的隊伍，見了火光就乘船回到特洛伊。我們用火和劍把伊利昂城毀滅掉。"

於是，木工埃培奧在雅典娜女神的幫助下，精心製造了一個大木馬。

木馬計成功了。阿凱人相互配合，攻陷了伊利昂城。

戰鬥是在深夜進行的，但伊利昂城越來越亮，因為阿凱人到處放火燒房子，火光把全城照耀得像白晝一樣亮堂。

尼奧普托勒謨殺死了普里安王和他剩下的幾個兒子。

阿凱人把伊利昂城洗劫一空，將男人殺光，連赫克托的娃娃和白髮蒼蒼的老翁也沒饒過，他們把婦女和金銀財寶都裝在船上運走了。

持續了十年的特洛伊戰爭，就這樣結束了。

小專題

尋找特洛伊——木馬屠城故事的遺址

希臘古時流行聽盲詩人吟唱古代英雄事跡，其中最有名的盲詩人叫荷馬。這些吟唱故事逐漸匯集整理，就成了荷馬的兩大史詩。講木馬屠城故事的《伊利昂紀》就是其中之一。

在荷馬史詩裡，打了十年的特洛伊戰爭，是一次大戰事，神和英雄紛紛上場，最後以木馬屠城結束。神話給戰爭籠罩了虛幻的外衣，使它撲朔迷離，特洛伊之戰一度被認為是綺麗的想像，只不過是行吟詩人講述的神話故事，沒有歷史根據。歷史上到底有沒有發生過曠日持久而又極其殘酷的特洛伊戰爭？這個問題不僅在普通人中間引發疑問，也一直是歷史、考古界爭論不休的話題。

據荷馬的描述，特洛伊的都城叫伊利昂城，在小亞細亞的西北部，是一座富庶、堅固的城堡，希臘人圍城十年，竟不能得手。後來想出了一個木馬計，讓士兵藏在巨大的木馬中，大部隊假裝撤退而將木馬棄於伊利昂城下。特洛伊人將其作為戰利品拖入城內。木馬內的士兵乘夜晚敵人慶祝勝利、放鬆警惕的時候從木馬中爬出來，與城外的部隊裡應外合而攻下了伊利昂城。傳說希臘人攻城後，血洗全城，並放火將其徹底焚燬。

傳說中堆滿財富、堅不可摧的伊利昂城在歷史上是否真的存在？特洛伊戰爭硝煙散盡三千年之後，伊利昂城的謎終於逐漸揭開。有個德國考古商人施里曼，是個“荷馬史詩迷”，1873年，他根據荷馬史詩的線索，在今土耳其境內小亞細亞西岸發掘了一座古城的遺址，在深達30米的地層中，發現了公元前3000年至公元400年分屬九個時期的遺跡。令人驚訝的是，在公元前1300至前900年這一時期的地層中，有城市遺址，它的石垣厚達5米，帶有煙熏火燎的痕跡，遺址內有大量繪有希臘風格的幾何圖形的彩陶和散置的投石器彈丸。雖然，施里曼的初衷是證明荷馬故事的真實性，他的考古活動也僅限於探險挖寶，但從考古挖掘看，城市的確像是被一場戰亂徹底摧毀的，很多人相信這就是發生木馬屠城故事的伊利昂城遺址。

特洛伊遺址示意圖

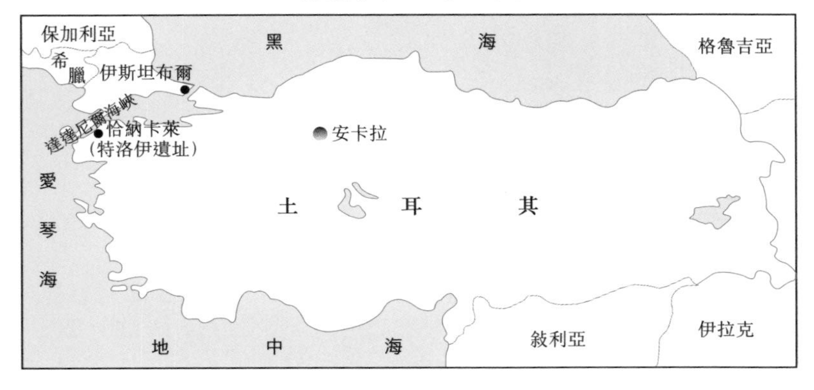

趣味重溫（3）

一、你明白嗎

1. 阿凱軍隊攻陷伊利昂城最關鍵的制勝元素是（　）

   a 武力　　b 智慧　　c 鬥志　　d 勇士

2. 從特洛伊戰爭的結局看，下列哪些屬於希臘古代戰爭的特點？（　）

   a 焚燒城池　　b 簽訂停戰協議　　c 屠殺男子

   d 搶掠婦女、財寶　　e 建立新政權　　f 冷兵器作戰

3. 阿戲留如何為帕特洛克勒復仇？請將戰鬥雙方連線，並按時間先後排序。

阿戲留	a 大戰河神	第（　）回合
	b 中射神阿波羅之箭	第（　）回合
	c 決鬥埃涅阿	第（　）回合
	d 殺死赫克托	第（　）回合

4. 典故配對：你知道下列英語典故源自何處，有何寓意嗎？試將相應的中英文連線配對。

   a

An Apple of Discord	The Heel of Achilles	The Trojan Horse	Ahcilles's Shield

   b

特洛伊木馬	不和的金蘋果	阿戲留的新鎧甲	阿戲留的腳踵

   c

致命弱點	精美無瑕的工藝品	暗藏的危險；奸細	爭鬥之源；禍根

二、想深一層

1. 特洛伊戰爭結束了，影響這場戰爭的重要人物最終命運如何？試根據故事填充表格。

人物	種族	地位	命運
阿戲留	阿凱	將領	a
b	特洛伊	國王	c
赫連妮	d	城邦王后	e
赫克托	f	王子、最高統帥	g
帕里斯	特洛伊	h	i
j	k	將領	以木馬計攻克伊利昂城，歷盡磨難返回家鄉
l	m	將領	發瘋自殺

2. 阿戲留是這場戰爭的頭號英雄，具有鮮明的性格。下面所列是阿戲留在戰爭中的表現，請按照時間先後排序。你能看出英雄身上有哪些特點嗎？試將相應選項連線配對。

表現		特點
(　　) 安葬帕特洛克勒	●	● 有正義感
(　　) 退出戰鬥	●	● 任性傲慢
(　　) 為赫克托的葬禮停戰	●	● 勇猛善戰
(　　) 戰場上大開殺戒	●	● 不畏宿命
(　　) 借鎧甲給帕特洛克勒	●	● 心懷惻隱
(　　) 被迫交出布里塞伊	●	● 殘忍
(　　) 殺死赫克托並拖屍示眾	●	● 多情
(　　) 激怒阿波羅	●	● 與人為善
(　　) 拒絕與統帥和解	●	● 誠摯友愛

3. 阿戲留和赫克托是特洛伊戰爭的最重要的兩位英雄，他們明知生命已注定會毀滅，以悲劇告終，卻猶如飛蛾撲火，勇敢地以脆弱的肉體與絕對的神靈意志抗爭，成為西方悲劇英雄的先驅。閱讀下列語句，想想兩位英雄在命運面前是如何選擇的？把合適的句子填在空位上。

（1）“我們今天是要把你平平安安送回來的，但是你的死期也快到了，你也注定要被一個神和一個人打死在戰場上。”

（2）“與其進城，還不如待在這兒跟他交手！要麼是我殺了他，得勝回去，要麼是我被他殺了，光榮地犧牲在伊利昂城下。”

（3）宙斯取出金天秤，在兩個秤盤上都放上死刑的判決。……説明他被判了死刑。

（4）“我要是向他提出講和，會怎麼樣呢？不，阿戲留絕不會可憐我，也不會顧念我的身份，卻要把我像個赤手空拳的女人一樣殺掉的。對，還不如跟他拚一場。”

（5）“我早就知道我會死在這裡。儘管這樣，不把伊利昂打得稀爛，我絕不罷休。”

（6）“死就死罷，反正人早晚也要死的。……目前，我的志向是上戰場，取得光榮。”

（7）“我勸你還是回到神的隊伍裡去吧，不然的話，哪怕你是個神，我也要用長矛刺中你。”

a 阿戲留的命運是：________；他對待死亡的態度：________；對待敵人的態度：________；對待天神的態度：________

b 赫克托的命運是：________；他對待死亡的態度：________；對待敵人的態度：________

三 、延伸思考

1. 許多民族都有關於命運的意見。 中文裡有“人定勝天”、“盡人力，聽天命”、“生死有命，富貴在天”、“命裡有時終須有，命裡無時莫強求”、“聽天由命”、“命中注定”等等講法。其中有些是積極爭取的，有些是積極之餘又安然面對結果的，有些是消極的。你最欣賞的講法是甚麼？為甚麼？

2. 希臘神話不僅創造出充滿想像的天神世界，還塑造了很多希臘古代英雄形象，除《木馬屠城》中的戰爭英雄阿戲留、《奧德修》中的漂流英雄奧德修，你還知道哪些古代希臘英雄和他們的事跡？試參考希臘神話，欣賞英雄群像。

   （提示：普羅米修斯盜火種、大力士赫拉克勒斯的故事……）

參考答案

趣味重溫（1）

一、 你明白嗎

1. d

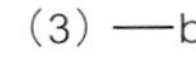
2.（1）—d （2）—c （3）—b （4）—e （5）—a

3.

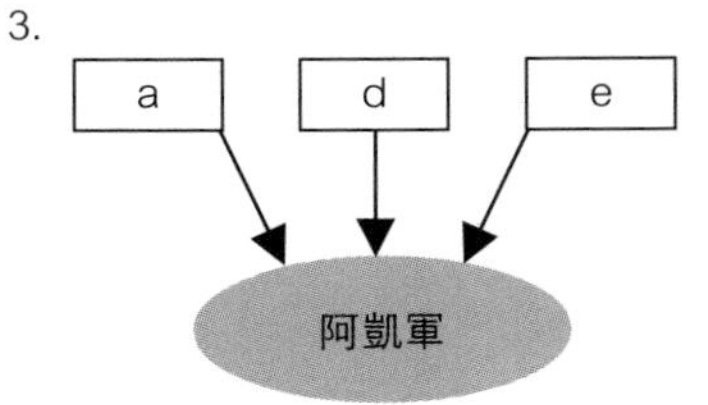

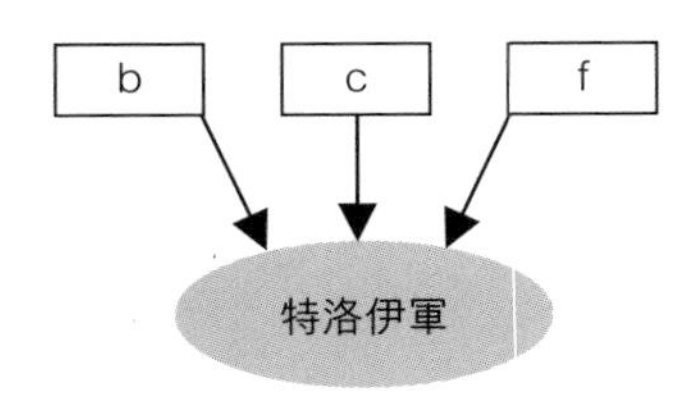

4.

（1）g
（2）a
（3）c
（4）e
（5）b
（6）父子關係：g—d；b—d；母子關係：a—f；兄弟關係：h—e；g—b；夫妻關係：h—c；情侶關係：g—c

二、 想深一層

1.（1）A （2）B （3）A （4）B （5）B （6）B

2.

（1）

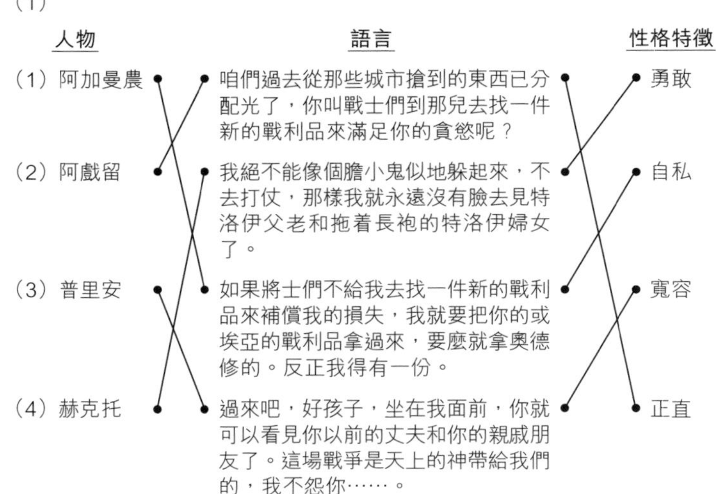

3.

（1）

天象、地理
abcg

動物
de

植物
fh

（2）

〈1〉b；〈2〉h；〈3〉c；〈4〉 a；〈5〉f；〈6〉d；〈7〉e；〈8〉g

三、 延伸思考（此部分不設答案，讀者可自由回答）

趣味重溫（2）

一、 你明白嗎

1. c
2. d
3.

交戰雙方	夜襲敵營	激烈交戰					帕特洛克勒參戰		
		早晨至晌午	阿加曼農受傷後	阿凱軍隊壁壘前的激戰	波塞頓指揮阿凱人作戰	阿波羅參戰	向特洛伊人反撲	帕特洛克勒大戰薩爾珀冬	帕特洛克勒陣亡
阿凱	√	√			√		√	√	
特洛伊			√	√		√			√

二、 想深一層

1.

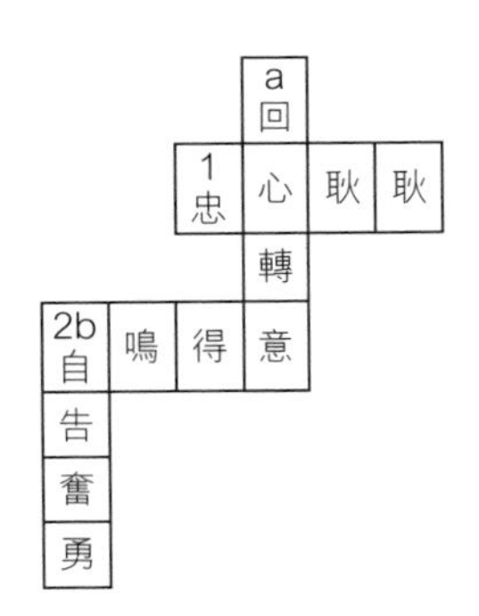

2.

（1）

a 狂風；巨浪
b 河流；泥沙

c 猛火；樹林
d 野豬；獵狗
e 獅子；牛

（2）

a 薩爾珀冬；b 赫克托；c 大埃亞；d 狄奧彌底、奧德修；e 阿加曼農

3.

（1） 赫克托雄赳赳地向前挺進，他的部下大聲喧嚷着跟在後面，宙斯從伊得山上往船舶那面颳下一陣狂風，揚起的灰塵把阿凱人的眼睛都弄迷糊了。

（2） 波塞頓呢，雖然悄悄地溜出大海，為阿凱人撐腰，但也絕不敢公然幫助阿凱人。他只是根據不同的對象，一會兒變成這個人，一會兒變成那個人，到處鼓舞士氣。

（3） 地震神波塞頓拿着閃電般明晃晃的長劍，率領全軍。

（4） 她琢磨着：有沒有辦法讓宙斯睡個覺呢？這樣，就可以給阿凱人一點喘息的時間了。

幻化身份，鼓舞士氣

神力庇佑，暗中助陣

諸神暗鬥，巧設計謀

親自指揮作戰

三、 延伸思考（此部分不設答案，讀者可自由回答）

趣味重溫（3）

一、 你明白嗎

1. b
2. a c d f
3. a—2；b—4；c—1；d—3
4.

a

An Apple of Discord | The Heel of Achilles | The Trojan Horse | Ahcilles's Shield

b

特洛伊木馬 | 不和的金蘋果 | 阿戲留的新鎧甲 | 阿戲留的腳踵

c

致命弱點 | 精美無瑕的工藝品 | 暗藏的危險；奸細 | 爭鬥之源；禍根

二、 想深一層

1. a 被阿波羅殺死；b 普里安；c 被阿凱軍殺死；d 阿凱；e 重回前夫身邊
f 特洛伊；g 被阿戲留殺死；h 王子；i 被阿凱軍殺死；j 奧德修
k 阿凱；l 大埃亞；m 阿凱

2.

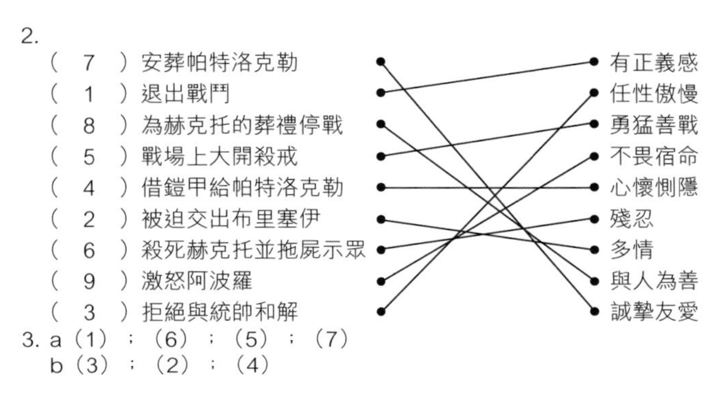

3. a（1）；（6）；（5）；（7）
b（3）；（2）；（4）

三、 延伸思考（此部分不設答案，讀者可自由回答）

請詳細填寫下列各項資料，傳真至 2565 1113，以便寄上本館門市優惠券，憑券前往商務印書館本港各大門市購書，可獲折扣優惠。

所購本館出版之書籍：____________________

購書地點：____________________ 姓名：____________________

通訊地址：____________________

電話：____________________傳真：____________________

電郵：____________________

您是否想透過電郵或傳真收到商務新書資訊？ 1□是 2□否

性別：1□男 2□女

出生年份：__________年

學歷： 1□小學或以下 2□中學 3□預科 4□大專 5□研究院

每月家庭總收入：1□HK$6,000以下 2□HK$6,000-9,999
3□HK$10,000-14,999 4□HK$15,000-24,999
5□HK$25,000-34,999 6□HK$35,000或以上

子女人數(只適用於有子女人士) 1□1-2個 2□3-4個 3□5個以上

子女年齡(可多於一個選擇) 1□12歲以下 2□12-17歲 3□18歲以上

職業： 1□僱主 2□經理級 3□專業人士 4□白領 5□藍領 6□教師 7□學生
8□主婦 9□其他

最常前往的書店：____________________

每月往書店次數：1□1次或以下 2□2-4次 3□5-7次 4□8次或以上

每月購書量：1□1本或以下 2□2-4本 3□5-7本 4□8本或以上

每月購書消費： 1□HK$50以下 2□HK$50-199 3□HK$200-499 4□HK$500-999
5□HK$1,000或以上

您從哪裏得知本書：1□書店 2□報章或雜誌廣告 3□電台 4□電視 5□書評/書介
6□親友介紹 7□商務文化網站 8□其他(請註明：____________________)

您對本書內容的意見：____________________

____

您有否進行過網上購書？ 1□有 2□否

您有否瀏覽過商務出版網(網址：http://www.commercialpress.com.hk)？1□有 2□否

您希望本公司能加強出版的書籍：1□辭書 2□外語書籍 3□文學/語言 4□歷史文化
5□自然科學 6□社會科學 7□醫學衛生 8□財經書籍 9□管理書籍
10□兒童書籍 11□流行書 12□其他(請註明：____________________)

根據個人資料「私隱」條例，讀者有權查閱及更改其個人資料。讀者如須查閱或更改其個人資料，請來函本館，信封上請註明「讀者回饋咭-更改個人資料」

請貼
郵票

香港筲箕灣
耀興道 3 號
東滙廣場 8 樓
商務印書館（香港）有限公司
顧客服務部收